刺绣记

张书林 著

成都时代出版社
CHENGDU TIMES PRESS

前言

前言　裁缝的梦呓

裁缝的梦呓

做衣服是有乐趣的。布料可以任意地折来折去，团成一朵皱巴巴的花，想搁哪儿我就搁哪儿。还可以烫上粘衬，抻得直挺挺的，像一块长着苏格兰小细格纹样的钢板。

如果我愿意,还可以让它们变成各式各样千奇百怪的形状,在肩头莫明其妙地鼓起来,或在肚子上突如其来地瘪下去,或者在胸前细水长流地耷拉垂落,或者在后领窝处像火箭一样朝天支着,从技术上讲,是完全可以的。如果不是忧心无人付钱买,我明明还可以更快乐些——让它们彼此不相干地结合起来,成为一个奇妙而古怪的新东西。

桃红配宝蓝,有时候,像浓酒,尝一口便醉,醒来后是空寂的年华。有时候,像庭前的落花,片片依旧娇红,仿佛不曾风吹雨打。怒放的姿态,不是谁都可以消受。现在,谁不想年华虚度,谁不想金樽空对月,就穿它桃红配宝蓝。

前言 裁缝的梦呓

图案的美,是陌上成片生长的强悍的野蔷薇,不懂得退让和淡定。它们一定以为青春可以永远在,永远可以这么美。哪怕是开放在寂寂的山岗。

白裙子一定是许多女孩心中神圣的梦,至少我在十八岁那年是这么想的。

那时候,我希望像我爸爸期望的那样,穿得清甜可爱,而不是古里古怪。可是没用了,我试过很多公主式样的白裙子，却没有一条穿上好看，倒是拖曳于地的黑袍子让我轻松自在。

前些时候，我做了一条裙，极爱它。它像槐花树下摇着绢扇的寂寞女子，眼帘低垂，古琴边睡着一只白猫。它由不同的软薄绣片分块构成，秋香绿，檀木黄，胭脂红，丁香紫，还有桃花艳艳如绯云，盛开在暗旧的绿底的绸面上，还绣有两只桃红嘴的小凤鸟，对着桃花鸣叫。

在裙的下摆处，我装上了许多细小的铃铛，风过裙裾，叮叮当当。

像这样黄墙上泛浮着的色彩是我最喜欢的颜色，像老金子，明亮亮地照进心里来。

金黄调子的物件不好寻觅，无论绣片还是老首饰。过去，这色彩一直是民间服饰使用的绝对禁忌。偶见宫绣的片断，也如夕阳下的残垣断壁，仿佛轻轻一碰，就要溶化在风里。

前言　裁缝的梦呓

过去我不甘心当一辈子裁缝,总寻思着还有没有别的事可干。现在我不这么想了,如果有一桩事情可以称之为光鲜而体面的事业,永远只需要碰触人靡靡的表面而不是幽暗的内心,它能让我在白痴般的天真里去死,我何不带着智力微弱的怨尤将这种轻甜的快乐进行到底!

前言　裁缝的梦呓

写下这一行字时，心底是有些羞愧的。从什么时候起，不再关注时事风云或众生福祉，不再经营精神的家园，而整天醉心研究的是如何让一条小裙裙或一件小背心更好看，无论它们结合了多少的少数民族古老手绣品而设计，最终有可能被喧嚣都市的某个购物狂喝醉酒后买走，扔进衣帽间而永无出头之日。

目录

寻绣记

- 一三七 ◎ 寻绣记
- 一五六 ◎ 伟伟
- 一六二 ◎ 桃花深处

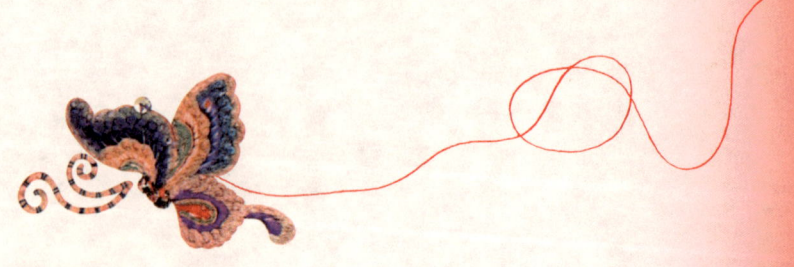

人物篇

○二二 ◎ 凤香

○七二 ◎ 疯大姐

○九二 ◎ 桂梅

一一四 ◎ 皮鞋师傅

Contents

- 一九六 ◎ 打鸟
- 一九七 ◎ 贱人
- 一九八 ◎ 猫的梦
- 一九九 ◎ 吃两年
- 二〇二 ◎ 看画
- 二〇五 ◎ 为什么当裁缝
- 二〇八 ◎ 盆中猫
- 二一〇 ◎ 一生
- 二一二 ◎ 白衫子
- 二一六 ◎ 做包包
- 二一九 ◎ 刀铺子
- 二二〇 ◎ 才子

叁 裁缝看世界

- 一七一 ◎ 时间缓慢的城
- 一七九 ◎ 天上
- 一八一 ◎ 赵四的债主
- 一八二 ◎ 问题
- 一八四 ◎ 河流
- 一八七 ◎ 遗忘
- 一八九 ◎ 天堂没朋友
- 一九〇 ◎ 空虚
- 一九二 ◎ 看球
- 一九三 ◎ 理想主义

衣香鬓影

- 二五三 ◎ 这样一件衣裳
- 二五八 ◎ 一件叫初晴的上衣
- 二五九 ◎ 灰调
- 二六一 ◎ 九月
- 二六二 ◎ 小雪
- 二六三 ◎ 长尾巴的美丽锦鸡
- 二六七 ◎ 蒋兴哥重会珍珠衫
- 二六九 ◎ 玫瑰
- 二七〇 ◎ 裁缝看电影

二二一 ◎ 爱情
二二四 ◎ 平庸之恶
二二五 ◎ 一个小贩的信念
二二八 ◎ 杀猪
二三三 ◎ 意义
二三四 ◎ 没有回忆的岛
二三六 ◎ 东邪西毒
二三九 ◎ 时间的灰
二四一 ◎ 我爸爸的布娃娃
二四三 ◎ 健忘症
二四五 ◎ 布娃娃
二四六 ◎ 阔起来怎么办

- 二七四 ◎ 鸟儿
- 二七五 ◎ 牡丹
- 二七六 ◎ 八骏图
- 二七七 ◎ 冬至,黯淡的桃花
- 二七八 ◎ 蓝色的中国

少数民族

一部史书挽歌

少数民族的历史记忆和文化符号,往往通过服饰形式图案纹样来记录。衣冠服饰代代相传,也往往凝聚着人们对本民族的文化认同,记录着过去的时间,是一支注定走向消亡的民族挽歌

凤香

我以为只要有风柔顺在，蓝底牡丹花绣片就会像花儿一样，年年如期为我怒放

山姜镇

当我还是一个年轻姑娘的时候,喜欢在深山小镇里逛荡。

当时的苗镇远远比现在有趣,它们平均间隔几十公里,零星分布,一个个镶嵌在崇山峻岭碧绿的山峦缝隙里,乌青的鱼鳞般的屋顶次第展开在天空之下,阳光从沉甸甸的云朵里渗漏出来,洒在光亮的石板路、木楼与河流上,空气里飘浮着草木的味道。街上的行人多数身穿古朴而奇异的苗服,头上包裹各式各样的头巾或戴繁复饰物，在我这个远道而来的异乡人看来，像走在老电影里一样，有褪色的优美与模糊的忧愁。我就在这样的小镇、这样熙熙攘攘的少数民族男女中，寻找老绣片，寻找任何有关刺绣的蛛丝马迹。

山姜镇是我最爱逛荡的地方。

第一次见到凤香，便是在那里。

这个古老的镇子建在山腰间，有一个漂亮的石块垒起的拱形城门，入了此门，便是它世代的领地。细细的街道伞状分布在狭长的坡地，像一片晒干的枫树叶子上面的经络；石砌的房子爬满青苔，与灰黑色的老木房子交错；弯弯的河流绕镇而过，几只破旧的小木船经年漂在河上，不知道是干什么用的。那条老街正好在小镇坡底。

摇摇欲坠的老房子门前，每逢赶集天就会聚集一些靠针线活谋生的当地绣娘，在此地出售新绣的花样、购买丝线、替人画纸样，平均年龄在七十岁上下，每个人的头部都被黑麻纱头巾按习俗缠裹成高高的小山，远远看去，像一个个巨大的棒槌。她们的顾客不可逆转地越来越少，慢慢地变成了自娱自乐，对此，这群被时代抛弃的刺绣爱好者似乎有浑然不觉的天真。

"没有人穿我们绣的花片衣服，我们还可以去种地嘛。"她们对我说。

我怪叫起来:"你们怎么可能去种地?"

"我们本来就是种地的。"她们一脸茫然地看我。

凤香是不会在她们中扎堆坐的。

"我们不一样。"她后来对我说。

与那些年迈的濒临失业的绣娘相比,凤香看起来只有四十上下,眉目清朗,整齐干净,端坐在不远处高高的石阶上。偶尔有相熟的乡民用苗语朝她打招呼,她只是淡淡地回应,不甚热情,礼数上也算周全。

那一日,她上身穿当地妇女标志性的蓝布斜襟盘扣上衣。领边绣满了小凤鸟与花朵,裤子也是配套的蓝布刺绣绲边,头上却没用黑麻布头巾包头,露出挽在脑后的发髻,头发整理得一丝不乱。脚边铺一块透明塑料布,上面整齐搁着两摞方方正正的小绣片,按颜色码得井然有序。与年老绣娘们手中正在绣的物件不同,她所出售的正是我寻找的老绣,年份从清代至民国末年不等。

"多少钱?"我按捺住兴奋。

"一片不卖。"她平静回答,眼睛都不看我一下,只顾着直直盯着远处树梢上的一只左顾右盼的灰喜鹊,好像与她对话的不是我,而是它。

"你只有一片的话我还不愿买呢,"我翻了翻塑料布上的小方绣,神气地说,"你遇到我算是遇对了,你也不打听打听我——呃,多少钱?"

"一千块。"她对灰喜鹊说。

我又怪叫起来,朝她抖动捏在手中的一片大红丝缎底莲花童子小方绣(民国初期枕头刺绣,拆自枕头的两端,一般成对出现),气急败坏地说:"怎么会这么贵,一片就要这么多钱?"

这个时候,她的眼睛才从灰喜鹊的身上收回来,惊愕地看了看我,又低头看了一眼脚边塑料布上堆放的绣片,抬起头慢腾腾地对我说:"是全部!"

快乐来得如此迅雷不及掩耳,叫人好生不适应。我欢天喜地付了钱,喜滋滋地将绣片装入背包里,然后拿眼睛上上下下打量她,心里想,她成摞出售,不会全是自家祖传下来的,应该是走村串巷收购而来,她家里可能还囤有不少这样的老绣片,如果我跟她前去,肯定会有更多收获。只见她收了钱,慢条斯理地收起塑料布,细心地叠成一个长方块,装进随身的小包袱,随意夹在腋下,这才站起身,理了理衣襟与头发,仰首便离去了,一句也不跟我多聊。我跟在她后面,她左拐我就左拐,她右拐我就右拐,大声问她:"您手机号码是多少?您家住哪里？家里还有这样的绣片吗？我想去看看。"她没作声，像是聋了。

"不要走那么快嘛，我都跟不上了。"

她还是不说话。

"你有多少我就能买多少，你有一吨我能收购一吨，呃，我真的是个大老板喔！你遇到我真的好走运……我也幸运遇到您。呃，留个电话嘛。"我跟在后面不停地叫唤。眼见她灵活地穿过好几条小街巷，最后在一个炸油饼小摊儿前面停下来，从腰间的小荷包里抠抠搜搜半天，掏出一块钱，买了一只油面三角糕。糕炸得焦黄而香脆，边缘香油直淌，她蹲在路边吃将起来，"吧唧、吧唧"吃得满口流香。我凑上前去，脸上讪讪的，没话找话搭了一句："味道好不好？"

她瞟了我一眼，没说话，继续吃。

我有些失望。

几分钟后，她腾出一只油乎乎的手在腰间布褡里又是一阵抠抠搜搜，摸出一块钱递给卖油饼的，又买了一块油面三角糕，飞快地塞到我手上，瓮声瓮气说："请你吃嘛！"

"我、我只是想问问，它好不好吃……"

"你吃吃就晓得了嘛。"她劝我亲自试试，脸上露出了难得的笑容，咧开嘴，白晃晃的牙齿闪现出来，像贝壳浮出了深海。

八月天的湘西小镇，湿答答的云低低压在坡顶的树梢上，随时要扑倒在地。在山雨欲来的那一刻，风长啸自云中掠过来，先是揪起屋檐上的青草，揪扯几下后发现难度太大，临时改了主意，吊在店家的幌子旗上玩耍了一会儿，还是觉得没意思，旋即扑到人群中飞快地掀走了好几顶斗笠、草帽，打翻了好几只立在高墙上面盛装酸菜的陶罐子，刮塌了几处塑料防雨棚，在街头人们的一片惊呼声中谢幕转场。

于是，雨来了。

起先是一滴滴，然后是一串串，最后连成滂沱一片。

我不敢再走了，怕雨把我的妆给卸了。

窄细的街道上正在交易的人们措手不及。一个满头珠翠、银饰的胖女人尖叫起来，因为她右脚上的鞋居然飘走了，引来一阵嬉笑。做针线活的老绣娘们来不及收起小板凳；卖梨子的小贩想把梨筐挑到安全地带却一时找不到扁担，只得扔下两筐梨独自跑掉了。一个牙掉光了的老汉在奔跑中摔了一跤，他索性躺在雨水滂沱的地面抽了一口旱烟，直到被两个笑得直不起腰的同乡冒雨跑过来架起扶走了。雨水从小镇的坡上汇集成强劲的水流，顺着光滑的石板路奔流下来。一时间，在坡底的街道形成浅浅的堰塞湖。起先路边卖旧衣服的一排摊位骤然浮起，漂散了，有些裤子、裙子、背心被冲进了垃圾堆。一个年轻又好看的苗族女人颇不甘心地冲过去试图抢救自己的货物，无奈中途滑倒在水中，最后在同伴的哄笑中只好又游回来。人们奔跑起来四处躲藏，很快，路边餐馆、百货商店的屋檐下挤满了躲雨的人，人群逐渐安静下来，大家垂着手，呆呆地望着街上的雨幕，静默无语地站成一排排，任潮湿的水气、泥泞、陌生汗腺的味道在空气中流淌。

我与凤香快速从雨中跑过，穿过石板路的时候险些踩中两只慌不择路的长脖子大鹅，顺利挤入一家餐馆门前的台阶上的人群，暂时获得了庇护。刚刚在躲雨的路上我知道了她的名字，我们相互留了手机号码，她答应等雨停了、集市散了，让我跟随她回家参观家里没来得及出售的老绣。不过要等她采买完家里急需的种子、化肥、食盐、肥皂，然后才可以"散场"。

雨停得迅雷不及掩耳，像是瞬间被拧上了水龙头，一滴也没有了。

紧接着烈烈的太阳出来了，没事儿一样挂在碧空。

地面的堰塞湖也消失了,市声喧嚣。人们活跃起来,冲到大街上寻找暴雨时自己没来得及搬走的物件,老绣娘们找她们的小板凳,光脚的胖女人在找她的绣花鞋,小贩沿街捡他漂走的梨,小孩子们兴冲冲捡刚才从坡顶漂下来的塑料玩具。最伤心的是卖鸡的女人,她穿得很好看,头上依习俗包裹巨大黑色头巾,坐在一只高高的汽油桶上抹眼泪,谁也劝不住。人们说她五只芦花鸡都飞走了,不知道去了哪里。

"它们肯定是回家了。"她的女儿在一旁安慰她。

"可是家离这儿有十几里山路,要翻过两个山头,它们头一回出远门,之前一次也没有走过,怎么认得了路?"女人抽泣得不能自已。

我盯住她衣襟上的绣花出神。

凤香灵活地穿梭在人群中,我几次险些跟丢了。她时而停下来蹲在路边问价,跟摆摊的货郎交谈,时而试吃果贩的红色小果子。小果子比苹果生得小,比樱桃生得大,红红的,甚是可爱。她咬了一口,酸得她哇哇直喊:"天老爷,你这果子是给人吃的吗?我的天老爷!"黑瘦的小贩气得一把夺过她啃了一口的红果子,塞进自己嘴里大口吃起来,故意用力嚼给她看,手在空中激动地比画，嘴里嘟囔辩护："天老爷，哪里酸了，明明是甜得快死人了啊！"

"是酸！酸死人的酸。"

"是甜！甜死人的甜。"

两个人伸长了脖子辩论，口水四溅。

散场的时候，已是下午四点。人流稀疏起来，采购完毕的苗人背着背篓、提着大包小包聚集在车辆交汇的十字路口，路边站满了等候回家的人。一辆辆农用车、小巴士、拖拉机、三轮车纷纷满载人与货物离去，开向不同的方向。路边继续等车的人群未见减少，彼此相熟的乡亲七嘴八舌聊着家长里短、购物见闻，喇叭声鸣成一片，时而有拖拉机突突突地发动，喷出一股股白烟。凤香在人群中东张西望，用苗语跟她相熟的同村人打招呼，打听回腊尔山的班车还有多久发车。当然，我关心的不是几时发车，而是车到底在哪儿？路边挤成一片的机动车中，我根本没发现哪辆车的牌子上写着"腊尔山"三个字。我焦急地计算时间：现在是下午四点，如果出发去凤香家，我能否在晚上十点以前从腊尔山赶回凤凰县城。凤香劝我不要担心，大不了晚上住她家，她家有"非常凉爽"的空房，"我是不会让你睡在池塘边的"。

她伸长了脖子等车,总算让她等到了:一辆草绿色解放牌敞篷汽车缓缓开过来,仿佛从我童年记忆中的老电影里发车,一直开到我眼前,稳稳停在路边。蓬头垢面的司机叼着烟打开车门从车上跳下来,头发上全是乱草,他颠颠地小跑到车后面,把车屁股上的挡板垂放下来,大声吆喝,声音短促而有力:腊尔山啊腊尔山,腊尔山啊腊尔山,腊尔山啊腊尔山……

他还来不及练好嗓子,就被蜂拥而上的乘客挤了一个趔趄,香烟掉落在地。乡亲们个个都是好身手,灵活地从后面爬上敞篷车。青壮年先跳上去,在上面接应老人与孩子,妇女们随后接上,货物也运上去了,还把三头山羊、五只鹅与两串鸡也赶上去了。为什么说论串呢?因为好几只鸡的脚用绳子捆拴在一起。解放大汽车的敞篷拖斗瞬间被挤得爆满,驾驶室里也挤进了两三个人,只给司机位置空出一个小小的空间,车门的两侧踏板上也各站了两人,紧紧抓住车门的把手。车厢顶篷上还趴着一个嬉皮笑脸的青年,张成一个大大的"大"字,脸贴在顶篷上,对自己的"位置"甚是满意。

凤香先把采买的货物扔上后拖斗,然后人就飞快地爬上去了。

拖斗里的人脸贴脸、背靠背,挤成一团,羊挤得咩咩叫，两串鸡挤得扑腾起来，鸡毛乱飞。

解放牌大汽车没有发车的意思，司机站在路边热情地招呼呆若木鸡的我："快上啊快上啊，再不上就没有位子了。"我手足无措，说："您这上面哪有立锥之地啊？"

"立什么？"

"立，锥，之，地！"

拖斗里的人热情地招呼我快爬上来吧，他们彼此用苗语喊话，大致意思是大伙再往里面挤挤，给路边这个姑娘腾个宽敞地方吧。很快，人们给我腾出了一道细窄的缝隙，刚刚够穿过一缕烟。凤香很满意，高兴地朝我拼命招手："快点上车。忍一忍，一会儿就到腊尔山了。"

我才不要坐这样的破车，我是要坐正经班车的人啊。

我没有去凤香的家，径直回凤凰县城了。

腊尔山

再次见到凤香,是在一年之后。

我有意选在跟去年一样,于八月末到达山姜镇。山中的初秋降临,夏日已不再浓烈。叶子绿得连自己都腻了,不复春日初登场时的欣然,透出青灰色的疲惫。太阳照在苗镇坡底的河滩卵石上,气焰小了许多,河水有了些凉意,我放脚进去,腿上的毛孔顿时收缩,仿佛集体发出"呀"的惊叹。

凤香事先在电话里对我说,她那天在坡底的绣花街等我,有很多好看的绣花给我看,好看到保证我从来没有见过。这一年来，我给她打过几次电话，游说她不要干农活了，就帮我四处找老绣片吧，会比她种地赚得更多。她虽将信将疑，但是也积极行动起来了，减少了黄豆与小麦的种植量，花更多的时间游走在附近村寨，挨家挨户敲门问询"有没有绣花片卖"。每隔几个月就会给我打电话，报告说又收到不少好东西，手里已经没有本钱了，催促我尽快过去付款把货接走。立秋之后，她催得更紧了。我嘴里应许，身子却委入繁重的日常工作中，迟迟未启行。到白露将至的时候，我终于从栖身的边陲小城坐十一个小时的大巴到达昆明，转乘火车二十个小时后抵达湖南怀化，然后坐五个小时的大巴到了边城凤凰，夜宿凤凰，次日天刚破晓，便去城南的汽车站坐上了去山姜镇的小巴士。

"我已经上车了，三小时后到山姜镇……下车后我怎么找你？"

"我在绣花街等你到日落。"

"绣花街是个什么街？"我在电话里问她。

"上回你遇到我的地方就是绣花街呀。"

"绣花的地方就叫绣花街，那么很多人卖西瓜的巷子是不是叫西瓜街？"

"当然不是，叫西瓜巷。"她在电话里不厌其烦地解释。

等我再见到她的时候，她果然坐在上回邮局门口的台阶上。身穿米白色细格手织布斜襟上衣和靛蓝色宽大的裤子，耳朵上挂着银镶绿玉的耳环，脚边摆着一只蓝布包袱，里面胀鼓鼓的，不知道装了什么，一摞色彩鲜艳的绣片搁在蓝包袱旁，上面绣着粉红色的牡丹花、长腿长脖子的鸟等。跟寻常包裹头发的当地妇女不同，她一直是光溜溜露出发髻，头发依旧梳得一丝不乱。见我出现，她咧开嘴礼貌地笑了笑，腰板立得直直的，淡淡地应了句："来啦。"

集市依旧人潮涌动，我跟随在凤香后面汇入蓝布衫的海洋，挤过几条街，看她买了鱼虾又买面粉，买了块红色塑料桌布又买了一只滴答滴答的圆形闹钟，还花了八块钱在一个摆摊卖"歌"的妇人那里买了对方自己录制的山歌磁带，小心地揣进口袋里。最后她又来到一座摇摇欲坠的破旧寺庙面前探头探脑，不知道她想干什么，庙门口有三三两两的蓝布衫妇人在游荡，神秘地交头接耳。她走过去跟她们用苗语寒暄、交谈，不一会儿折回来，招呼我跟她一起去岔路口出发坐车去她家。

"又跟上次一样拥挤的大破车吗？我才不要坐。"

"不会的。"

"不安全，你明白吗，车上塞那么多人不科学。"

"今天不会的，我替你早早打算好了，让你坐我邻居家的专车。"凤香高兴地说，"邻居有车，我们有专车坐，透气，不用跟他们挤一路。"

岔路口到了，一辆锈迹斑斑的拖拉机早已等候在此。

拖拉机旁边，一个黑瘦的中年男子蹲在地上低头研究蚂蚁搬家，两只耳朵上各夹有一根香烟，头发像发射失败的火箭，糊在头顶。凤香走过去，先把包袱扔进车里，从车后胎灵活地攀上去了，拣了个自认为清静的地儿一屁股坐下来。我无奈地围着拖拉机左看右看，转了两圈，还是上去了。黑瘦邻居站起来，丢下了他的蚂蚁部落，手里提一根铁棍子准备打火。他用铁棍子塞进车头某个部位用力地摇动，车头发出"嗵、嗵、嗵"的声音，像是剧烈的咳嗽，连带着整个车身子一起抽搐摇晃……专车算是发动了。

拖拉机怒吼着奔向了腊尔山。

车进入腊尔山境内，公路变得平整顺畅了，不再有明显起伏的坑道。凤香用手指着公路，突然转过脸朝我神气地说话了："小张，看见这条路没有？"仿佛这路是

我在绣花街，
等你到日落

她修的，才配得起她此时的骄傲。

"看见了。"我暗暗好笑。

"不错，这路是我修的。"她回答了我内心的嘲笑，"我过去是人大代表，这条路是我花了两年时间找人，最后才批下款子给修上的。以前这里没有公路，只有一条土路，一下雨就起泥，人的脚、骡子的蹄、马车全陷在淤泥里，拔都拔不出来，雨下大的时候，路面还出现过塌方。"

"你还当过人大代表？"我大吃一惊。

"我以前连续三年都被选上了。"

她的家仿佛藏在腊尔山的云雾里。拖拉机左冲右突，最终停在一片松林旁。不远处是宽阔的湖，一片青色屋宇的村庄静静泊在湖水对岸。炊烟升起，几只狗摇着尾巴快活地跑来跑去，三三两两的芦花鸡踱步沉思，明显要淡定得多。凤香的家位于村口第一户，房子是木质结构，外貌因年月已久呈现灰黑色，门楼高大，门前有一个废弃多年的巨大石磨，几个衣衫褴褛的小孩子坐在上面玩扑克，脸上挂着风干的鼻涕。

屋内摆放几件简单的家具，正面墙上挂着毛主席及其他领导人画像，供桌上有几盘皱了皮的果子，香炉的灰积得厚厚的。桌子上方挂数块匾框装的家庭影集：凤香胸挂人大代表证、身穿苗服笑得特别灿烂的盛装照片；她和同乡妇女在集市节日上的合影，女人们穿一模一样的衣服、包裹一模一样的头巾站成一排，连笑容也一样；她和丈夫、两个儿子在各个时期的数张全家合影；随着时间流逝，照片中两个大人的眼光越来越呆滞，女人的神情越来越凝重，男人的背越来越佝偻，两个男孩儿变成了青年。一个瘦弱老实的半老男子就是照片中的男主人、凤香的丈夫，此时正坐在屋子里，怀里抱着一只毛色脏乱的大猫发呆。见我们进来，连忙扔下手中的猫，佝偻着腰，一声不吭去黑乎乎的灶台用柴火烧水沏茶。凤香用苗语跟他说话，大概是交代我这位不速之客的来意。不一会儿茶好了，瘦弱的男人捧着搪瓷茶杯向我走来，把搪瓷茶杯递给了我，憨厚地笑了笑。我注意到他嘴里没有几颗牙，仅剩的几颗也不好好站岗，一个个东倒西歪。

凤香从侧面厢房扛出一个个胀鼓鼓的麻袋，前前后后扛出十几只，剪开袋口后倾倒在地上，全是老绣片，是她这一年来替我走村串巷、挨家挨户敲门收购来的。一摞摞捆扎得整整齐齐，按品种、大小、质地的不同分出类别，丝绸质地绣出来的和棉布质地绣出来的绝不会混合。我随手打开几摞捆扎好的绣片，古雅、明艳的色彩顿时映入眼中，针法丰富细腻，针脚密密实实，一只只凤鸟栩栩如生，大大小小的各色花儿跃然而出。飞禽走兽，无一不精美，花鸟虫鱼，无一不动人。

"好看，太好看了。"我惊呆了。

凤香没兴趣跟我一起欣赏，丢下我一个人独自观摩，把东厢房收拾出一间四面漏风的房间，躺在床上能直接看湖水，算是我今晚的住处。然后径直又去灶台烧火做饭了。当晚，她杀了一只刚刚成年的小公鸡为我接风，迅雷不及掩耳地放血、拔毛、开膛，麻利地把它斩成鸡块，与红辣椒、绿花椒、棕色八角、黄姜片拌在一起，等锅中油烧得滚烫，"哗啦"一声倒入，翻炒起来，香味飘散满屋。大猫开始狂躁不安，呜呜地哀鸣。她往灶膛里添柴火，火光从膛口吐出来，映照着她平静淡漠的脸。

最后的盛宴

别后又是一年,当我第三次见到凤香,已是深冬,山中落木萧萧,鸟飞尽。触目皆是灰烬之色,唯有清冷的河水闪耀白光,在林中腹地无声流淌。破烂的中巴车载我从县城出发,抵达腊尔山。凤香早已等候在家,有了我上次对她的承诺:只要是老绣、只要是她能找得到的,有多少算多少,货我全接了。这一年来她颇为勤奋,地也不种了,成效果然显著,积累的绣片用农用编织袋装,重叠码起来如小山一般,从地面一直堆砌到房顶。

"小张,你快来吧,我已经没钱用了。"

"给我账号，我打钱给您。"

"不，我喜欢现金。"她固执地希望我能把钞票亲手交给她，然后我看着她数钱、她看着我点货，这样才算自古以来民间合礼数的交易。

腊月，村庄多了些人烟，进城务工的青壮年陆续回到家乡筹备新年，狗快活地围着我打转，仿佛去年就相识。

凤香的大儿子也从沿海的工厂辞职回到了家乡，准备相亲娶媳妇。前几天已经相中了邻村一个姑娘，她家在镇子上开了一家餐馆，条件还算门当户对。我到达时已是中午，凤香早早做好了午餐，吃罢，我们开始点货。她打开一个又一个农用编织袋，成捆的绣片滚落在地，逐渐膨胀，挤满整间屋子。我们在绣片堆垛里爬来爬去清点数量、分出类别、讨价还价，一直忙到深夜。

次日清晨，凤香的大儿子用农用车把装满绣片的编织袋运到几公里外的腊尔山镇子的邮政局，往返几趟方才寄走了。我松了口气，完成了此行的工作任务，让凤香陪我到附近山坡上走一走，散散心。

冬季的山林满是肃杀之意，风飞快地掠过树梢，掀起我的围巾、帽子，日光惨白，枯树被罩在薄薄的白雾里。我们看着远山与山中的湖水各自静默无语。呆呆看了一会儿,她指着远处湖边自己家左侧那片枯草丛生的空地对我说,她想在那儿盖一座四层小楼,下面两层给小儿子婚后住,上面两层给大儿子婚后住,有新房子新娘子才肯进门,她这个做婆婆的才体面……风更凉了。她说看完了就走吧。于是我们一起下山。在返回的路上,我突然想起曾经看过书中描写的关于湘西巫蛊之术的传闻,来了兴致,问她:"大姐,您听说过下蛊这回事吗?"

"你问这个干什么?"她警惕地看着我。

"我想学学怎么下蛊。"我颇有兴致地说。

"好好的姑娘家不学好,学这些做什么?你要是学那些坏东西,我就不敢再跟你打交道了。"她的脸色青了一下。耐不住我软磨硬泡,便讲起她母亲的故事。那年她12岁,刚刚念初一,平常的一天,凤香母亲扛着锄头出门种地,背上背着水壶、种子、肥料,手里牵着牛绳,头上的头巾包裹得严严实实,一只油糍粑用纸包起来塞在头巾的缝隙里,权当作中午饭,跟往常没有任何区别。到了中午的时候,她已经累了,直起腰来休息。田埂上迎面走来同村一个寡妇,擅长下蛊害人,早些年曾经"作法"让一位跟她有过节的姐妹小产,"害死"过邻居一只羊、两只鸡,还让自己的丈夫得了风寒,没过几年就死了。她似乎没意识到自己不受欢迎,热情地跟凤香的母亲打招呼,还问她"吃了没有?"这个时候,凤香母亲头巾里夹着的油糍粑应声而落,掉在地上。

傍晚,凤香母亲回到家,一进门就病倒了,躺在床上浑身打冷战。从此再也没有走下病床。三年后母亲去世。

我听得啼笑皆非,很委婉地提醒她:"医生怎么诊断?应以医生的说法为准。"

她没好气地说:"医生当然说不关下蛊的事,是肺结核。"

母亲到底是不是死于巫蛊术已不可考,凤香的学业却因母亲的病逝而被迫中断,初中毕业后,她便早早嫁人以减轻家中负担,没能继续上高中。

又过了一年,当我第四次见到凤香的时候,正值盛夏,她果然用与我绣片交易中赚取的钱,在家左侧那片枯草地上盖起来了四层小楼。外墙贴着晃眼的白瓷砖,大铁门刷上大红色的油漆,门上贴着两只大大的"囍"字。今天恰逢她的大儿子结婚,她张罗了全村有史以来大概最体面的婚礼:光吹吹打打的乐队、戏班子就雇了三支,流水席从天亮吃到天黑。

"小张,你来了就好了,我保证让你油面三角糕吃个够,从早吃到晚……真的,个个有这么大只!只只又香又脆。"见面后,凤香迫不及待向我形容了这几日的盛况,为我错过了她大儿子今天早上隆重的迎亲场面不断惋惜。不过我不为所动,上上下下打量着她家的新楼房,鼻子里轻轻哼了一下,"你少赚点我的钱,比起请我吃油面三角糕更能让我高兴。"她的脸顿时僵住了,好半天才缓过来。

当晚在她家住下,听了一夜唢呐的吹吹打打,闹新房的年轻人楼上楼下嬉闹,像儿童过新年一样快活。次日我闹着要走,要求凤香尽快清点绣片。她让我不要着急,绣片她早已帮我预备妥当,只等她送走宾客后就办,让我就安心多住几晚,多吃些甜酒、果子再走不迟。当天傍晚,才吃过晚餐,应我的要求,凤香领我在村子里四处逛荡,看看苗寨盛夏的景致。村庄四围布满绿绿的水稻,随风翻起碧浪,野枣树结果了,坠落一地,几个小孩抢食,小狗围着小主人乱窜,见我们走过来,狗丢下捡枣的小主人不管了,摇动尾巴欢快地朝我们跑过来,嗅来嗅去。凤香用苗语大声呵斥,狗顿时怏怏散去,看来是听懂了苗语。

我好奇地问:"你跟它们说了什么?"

"没说什么。"

"那狗怎么不跟我们玩耍了?"

"哦,我只是说,如果它们再跟着我,打扰我的贵客,我就用花椒和小磨麻油炖了它们。"她回答说。蝉声从黄昏的杨树枝叶里凄厉地传出来,在湖面飘荡,热风游荡在山间,草丛里的虫儿起伏叫唤。我们顺着田埂走,准备去看看后村几处老建筑房子,用凤香的话说"方圆十里之内已经没有比它们更老的房子了"。我喜欢老物件,包括老建筑,凤香说村里富起来以后,老房子就陆续拆除了,纷纷盖起楼房,但还没拆完,总有一些穷困户没钱盖新房,还住在祖先传下来的破旧老房里。论起谁家的房子最老,这不用思忖,谁家最穷,那户人家的房子便是最老的。

要论穷,谁也穷不过八叶婆婆。

"八叶婆婆一天只吃一顿饭,为了省米,"凤香对我说,"我现在就带你去看看她家的房子,包老包破——你不是喜欢吗?对了,她手上还有几张没卖完的老绣片,是她年轻的时候绣的。"她在前面带路,脖颈伸得直直的,像一只领航的骄傲天鹅。

河水闪耀太阳光之色 听春汐之白

壹 人物篇

尽管事先有了思想准备，真正站在村东端的八叶婆婆家面前，还是暗暗吃惊，哦，这哪里是老房子，这简直是要坍塌的模样，墙东倒西歪，黑色的木头胡乱架在墙头，权作是屋脊，瓦片倾斜趴在屋顶上，想随时滑遛下来。几间幽灵般的房子周围，萋萋芳草丛生，唯有庭前几株月季花生得叶儿肥厚，橘红色的花朵明艳照人，开得有碗口大，明显是有人精心侍弄。我吓了一大跳，这么荒疏的居所门前，居然还有这样娇艳的花儿盛开，突兀得很。我呵呵笑着，开心地跑过去拍照。门虚掩着，里面黑洞洞的，没有点灯。凤香凑上前去，站在门前朝门缝里探头张望，嘴里喊苗话打招呼。

门吱呀一声开了，从黑暗里缓缓走出一位拄拐的垂暮老人，白发拂面，破衣烂衫。

夕阳下，人与房子，俱垂垂老矣。

凤香凑近了她的耳畔，用苗语大声说话，生怕她听不见。她听罢，连连点头，嘴里咕哝了几个字，听不清说什么，这就颤巍巍转身回屋，一点点移动身子，背佝偻成一张弓，慢慢消失在门槛内。不一会儿，油灯亮了，光晕从室内透出来，映照在门槛外的草丛上。凤香示意我们可以进屋了。

我从来没有见过这样凄凉的住所，没有一件像样的家具，全部是破旧的，神龛上供的香炉掉了漆，毛主席像卷边儿了，椅子没有椅背，衣柜没有柜门，桌子只有三条腿，没腿的那一端紧贴着墙，连桌上两只碗也是破的，磨了边儿、掉了瓷。灶台冷冷清清，锅边台面上有一碗色泽浑浊的咸菜，长短不一的两只筷子搁在碗边，几只苍蝇飞上去，落在筷子上面，嗡嗡嗡窃窃私语，时而拍打翅膀起飞换一个姿势和位置。凤香领我"参观"完，在厅中坐下，充当我与八叶婆婆之间的翻译："这房子多少年了？"

"记不得了。"

"总得有个大体年份吧。"

"我嫁过来就有了。"

"您嫁过来多少年？"

"七十年。"

"您现在就一个人吗？"

"都死了。"

"他们怎么死的？"

"老死的。"

我聊不下去了，在屋子里转了两圈，东看看西看看，没有审美上的发现，于是换了个问题："能看看您的绣片吗?"

"什么片?"

"绣片!"

"绣什么片?"

"绣、花、片啊。"凤香叽里咕噜翻译,说得又快又急,见八叶婆婆没理解意思,就凑近对方耳朵一个字一个字讲。老人家明白过来了,缓慢起身去了昏暗的卧室,拿出一卷蓝布物件,展开一看大约有七八张左右。我们在灯下一张张展开,照例是当地传统的图案,凤鸟绣得精美明艳,红色的大朵花儿在蓝底丝绸上怒放,蝴蝶纷飞,翅膀各有不同的纹样,一派美好景象。针法密实细腻,水准着实不差。

"多少钱?"我问她。

她伸出几根手指,对着我比画了每张的售价。我嫌贵,反复对比后只选了一张我认为最好看的,掏钱买下来。又坐了一会儿,凤香与她用苗语闲话家常,我在屋子里转来转去,眼角始终没离开那摞挑剩的绣片,又打开了一张张欣赏,凑近了油灯看图案,抚摸上面起伏的针脚肌理,张张爱不释手。快告别时,我告诉凤香,这几张我决定全部买下,希望她帮我去讲讲价,一起拿下,嘱咐她如果价格实在砍不下来,原价买了也没关系。贵是贵了点,可是怕下回遇不到这么好品相的绣。不过,出乎意料的是不等凤香开口,八叶婆婆大概知道我想接着买,便卷起剩下那几张绣片,收回房间。

"不卖。"八叶婆婆让凤香翻译给我听。

"为什么?"我惊愕不已。

"要等到下个月才卖。"

"为什么?"

"因为这个月的粮食已经够吃了。"她笑得眼睛眯成了一条缝。

天色已晚,蝉声渐渐消退了,萤火虫飞舞在村庄的草丛间,我们辞别八叶婆婆钻入暮霭,我悻悻跟在凤香身后一路小跑,向她抱怨刚才的见闻,她充耳不闻,在前面越走越快。

隔日,贺喜的宾客总算散去,凤香与我开始清点库房里早已备好的绣片,这一次她为我收集的绣片前所未有的多,编织袋从地面一直堆砌至房顶,整整占据了一个房间,数量之庞大、品相之精美,远远超过往年,以后再也没有过。当时,光清理、点货、记录就花了四天时间,我提空了所有银行账户中的钱。当我返程的时候,身上除了车票之外只剩二十元人民币。这一次凤香到底从我身上赚到多少钱不得而知,总之她在我离开后的第二天就去县城给二儿子买了一辆华西牌19座中巴车,让二儿子跑营运赚钱,全家人高兴了很久。

当时我并不知道这是我寻绣历程中最后的盛宴,我以为只要有凤香在,蓝底牡丹花绣片就会像花儿一样年年如期为我怒放,只要我有足够的钱。

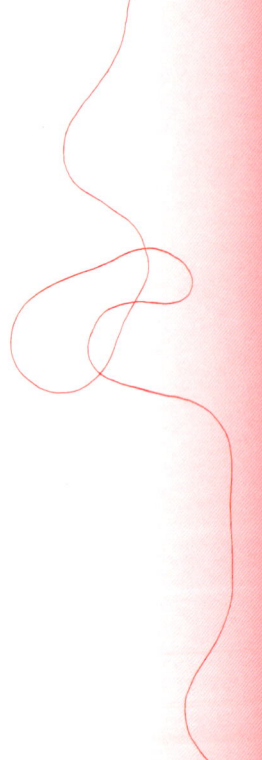

又涨价了

凤香好像从来没有睡觉。她星夜兼程地四处寻找绣片，地域范围越扩越大，她挨家挨户动员人们卖掉遗忘在箱底的绣片。只要是过去刺绣的物件，无论品相好坏、价钱高低都可以商量。人们苏醒过来，意识到祖宗遗留下的旧物件可能值更多的钱，不愿意轻易出售了。时间进入第五年，凤香给我打电话的频率明显高了许多，天未破晓她打过，深夜她打过。这个疯狂的女人在电话一接通后总是用雷打不动那句"涨价了"作为开头，她焦虑的声音："小张，你怎么还在睡觉啊？快醒醒，绣片涨价了!别睡了。"

"大姐,现在几点啊,我不睡觉干什么?"

"涨价了啊。村民们都知道这个东西能卖好价钱,我不出高价他们不肯脱手。"

"我要睡觉。"

"你得加钱,不然我很难收到货了,眼睁睁看着好货都被人家抢走了。"

"你在中间少赚点,货就好收了嘛。"

她无奈地挂断电话。她再打电话来,必定还是那一模一样的句式,只是在"绣片涨价了"的中间加了一个"又"字,变成了"绣片又涨价了"。是啊,又涨价了。不光涨价,而且量还变少了,这一年绣片锐减,价格反而涨了两倍。我去提货运往邮局邮寄时,一车就拉完了。

时间慢慢消逝,情况起了微妙的变化。农历新年之后,她打来的电话明显减少了,不再不分晨昏打电话来骚扰我,偶尔通话也是匆匆挂断。我不安起来:揣度她有没有用心工作,会不会把货转手卖给了别人。

于是我质问她:"不是货越来越少了,听说你把货卖给别人啦。"她赌咒发誓,仿佛指天指地地表态:如果她干了这样的事,死了也埋不进祖坟……绣片在民间越来越稀少、货越来越难收已是事实。她顾不上我的猜度,不甘收入锐减坐以待毙,开始搞起了"副业":雇了附近几个老迈绣娘,模仿过去老绣片的花样与针法,绣出一批东西拿到集市上卖。结果半年时间她一张也没卖掉,副业破产了,她白白搭上丝线钱、布钱、绣娘们的工钱。想卖给我,游说我接下,被我一口回绝。她反复跟我讲道理,声音里有无限的哀怨:"小张,有新绣就不错了,再过几年这批老人就眼瞎了、人死了,想要有人给你绣出老花样就是痴心妄想,不如趁她们还活着,能绣一点是一点。可是现在新的你又不肯要,你也不想想,这世上哪有那么多旧的老的,早晚要绝种啊,你要接受这个事实,越来越难收到货了,有时候我跑一整天也收不到两张了,老货越来越少了,真的!"

"你是不是没有尽力?"我在电话里冷冷地质问。

"不是。"她微弱地申辩,"我发动了好几个亲戚帮我分头跑,挨家挨户做工作,可是人家要么没有了,要么打死也不卖。"

"那你的意思是?"

"你得再加钱,我试试能不能说服他们卖给我。"

我在气急败坏挂断电话的第二天启程去了湘西深山。不过这一次我没有去找她,而是秘密去了距她家五十公里

外的邻县花盐镇，在街头毫不费力地找到一个名叫梅香的年轻女人。几年前我曾在县城附近一个没落街市遇见过她兜售绣片，记住了她的名字与住址。既然凤香办事不力，我得重新物色一个工作伙伴替补她。那天，梅香正在早点铺忙得热火朝天卖米豆腐，我坐下来叫了一碗，闷头吃完了它。快收摊时，我向她出示了一张当地经典蓝底粉色牡丹花绣片，问她："找得到这种东西吗？"

她认出我了，咧嘴笑起来。

"跟着我干，保证让你盖洋楼开小车。"我非常肯定地对她说。

一回到家我便开始了对远方前线的电话遥控，每隔两天就打电话问询梅香："这两天收得怎么样？你有没有到处找？"她的回答不容乐观，能找到的老绣数量稀少，而且要价太高了。

"究竟是哪儿来的贩子在抢咱们的绣片？"

"我不认得。"

"那就抬高价格，每张加价五十，我就不信收不到。"办法果然奏效，两天后梅香欢欢喜喜打电话来说已经找到二十张了。我心里的石头总算落了下来，想起凤香那边也不能松懈了管束，督促是少不了的。于是又拨打她的电话嘘寒问暖，末了，便问她："大姐，绣片

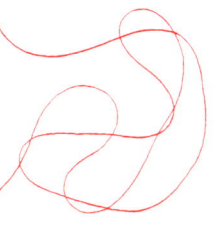

现在找得怎么样了？"

她瓮声瓮气说："难得很，比过去难多了。"

"此话怎讲？"

"我这段时间，二十多个镇子挨个跑，数量还是不多，但是总好过完全没有，我耳目多，最近好像冒出一个人跟我抢货，我出多少她就跟着出多少，甚至比我高出几十块钱，我很头痛。我跟踪过她，她很机灵，钻进人群就跑掉了。"

"这可怎么办？"

"只有加钱。"

"好好好，"我气恼地说，"加吧加吧，看样子我不加钱你就收不来货……记住，对方出多少，你就加高十元钱。"一星期后，梅香从集市上打来电话诉苦："老板，绣片实在收不到了，一天也遇不到几张，我出的价依旧没有人家高。抢我们绣片的人太狡猾了，我前脚到她后脚追，我跑多远的镇子都能遇到她，我加价五十她就加价六十，货还是被她收购了。"

"这还了得，货不能让人家抢了，你要继续加价，一定要比对方的价格多追高一百元，我不信这回打击不了他。还有，查查他背后接货的老板是谁，我想知道绣片到底流向了哪里，大规模收绣片的对手到底是何方神圣。"

很快,凤香那边传来不妙的消息,连续半个月收不到一张绣片。她在电话里几乎暴躁:"小张,有人抢货!蓝底牡丹花绣片2500元一张也没人肯脱手卖了,你不加钱我就不干了。"

"好好好,加加加。"几天后我又接到她打来的电话,电话那端市声喧嚣,她几乎用吼的声音我才听得清楚:"小张,我现在正在集市上接货,刚刚货又叫上回那个人出高价抢走了……我想打你的电话请示能不能再提高一下收购价,结果你的电话怎么也打不通。"

这还了得,我气坏了,分明是有人跟我对着干,看样子我流年不利,不然不会几个帮我找绣片的人都反馈这个现象,说明我有竞争对手了。于是叮嘱凤香下次机灵点,该涨的时候不用打电话给我,直接紧跟对方出价,直到那个家伙放弃为止。有了我这句话,凤香松了口气,说这样自己胆子就大多了,以后不会怕货被人家抢走了。

效果显著,凤香战绩明显上升。

不过,从那以后,梅香再也没有收到一张绣片了。

后来的一天早上,我从奇幻的梦中醒来,默默走到墙上的地图面前,打量花盐镇与腊尔山镇之间的距离,左看右看,似乎明白了什么。我悄悄地左右开弓抽了自己两个耳光。

胜枝

时间进入认识凤香的第八年,她几乎失业了。连续一个月找不到一张绣片的状况出现了。尽管这一切在我与她预料之中,当这一天真来临时,依旧令人难以面对。我忧心忡忡的时候,凤香已经着手找新的出路了。她和镇上开餐馆的亲家公合伙承包了她家附近一片荒山种植金银花。风里来雨里去,她吃住都在金银花丛中,直到荒山披绿。

"哈,大姐,你还真浪漫喔。"

"啥?"

"饭都吃不上，你还有心情种花嘛。"

她愣了一下，慢条斯理地驳斥："小张，我在种药材！"

很快，在次年春夏之交我就收到她寄来的爱心：整整一个编织袋的金银花。我用它喝茶、煮汤、泡澡、洗衣服，怎么用也用不完。分赠给左邻右舍、亲朋好友也用不完，当成工作福利发给工作室的疯大姐、桂梅、皮鞋师傅等人一起用也用不完。在这第九年里，我终于不用再着急筹款去腊尔山提货，其他地方找绣片的脚步同样放缓。各地传来的信息是相同的。不同的绣种、不同的省份面临相同无绣可收的境况。时间过得像铁锤，我们活在它锤打的间隙里，想象落下来的将是花瓣。

有一天，街上来了一批贵州送绣片的贩子。打头的妇人胜枝与我相熟，她把绣片卖给我后，说："小张，你有腊尔山凤香这样的朋友，你太幸运了。"我大吃一惊，警惕地问她何出此言。她告诉我，她在四处找绣片的过程中，偶然寻到了腊尔山。当地人说，这儿所有的蓝底粉色牡丹花老绣片都被一个叫凤香的女人收了。她毫不费力就找到凤香的家。那是个黄昏，胜枝敲开她家的门，凤香正在做晚饭，她说明来意，表示愿意比别人出更高

小姑娘是一个无所畏惧的那时候我还年轻

价的价格收购，结果被凤香一口回绝。

那天，天色已晚，胜枝饥肠辘辘，凤香添了双筷子，她们便一起吃饭了。

凤香听闻她来自贵州凯里乡下，离这儿尚有几百里地，不禁唏嘘。便留她歇脚住下，天明了再走。

那天，两个人一见如故，有了说不完的体己话，对她俩共同的熟人"我"自然有所言及，结论一致：虽然不知道"我"要那么多绣片干什么，但是都知道"我"是一个好人。胜枝索性在她家吃住了两天。白天吃她做的饭，一起下地插秧、除草，陪同一起去山上给金银花剪枝，晚上睡在一个房间。两个女人讲了两夜的知心话，凤香对她诉说了所有的苦难，她也对凤香讲述了自己的前半生，动情处各自抹眼泪，相互劝慰。

几日后的清晨，她们在山坡上挥手告别。

"我临走的时候，她送了我一路又一路，一程又一程，拉着我的手对我说'老姐妹你莫怪，我当年应了小张的话，讲好了只为她一个人找绣片，今天我就不能食言，我手上的东西只能卖给她，我不能说话不作数，除非她说不要了'。当时我眼泪就哗哗往下掉，我连忙叫她放宽心，好生照顾好身体，尽量少劳累。我跟她说，我家的粮食够吃，孩子学费也早早存下来了，卖绣片只是副业，赚多赚少不要紧，有没有蓝底粉色牡丹花货源一点也不重要，希望她不要为此不安。'其实绣片归谁都一样，小张人好，你就不要负了她。'"

听完胜枝讲述当时的际遇，我"唔唔"应了几声，没多说什么。

她们遥远得像章回小说里的人物，让我不知如何是好。古城细雨霏霏，烟柳依依，胜枝背上装绣片的沉重大包朝我挥手告别，蹒跚汇入人流之中，渐渐走远了。

冬去春来，又过了一年。我记得是个深秋，我已经很久没有接到凤香的电话，也没有打电话给她，不知道她今年金银花的收成怎么样了。古城人迹寥落，我已经在北京建了新的工作室，开始了老绣片的分类整理、挖掘、拍摄留存等工作，为筹建绣片博物馆而奔走，偶尔也会回到这里打理店铺。有一天，胜枝又来古城了，她背上绣片沿街叫卖，照例走到我家兜售，希望我能关照一下她的营生。这一次她带来了一个令我吃惊的消息，不过，她以为我早已知道了。

"我太伤心了，凤香好可怜，她这一生没有过上一天好日子，可是她一家人都是靠她才过上了好日子。"她唏嘘不已。

"她怎么了？"

"她死了。"

四月份的时候，凤香曾在电话里对胜枝说，她不舒服、头痛、头晕，早上起不来床，胜枝说肯定是累的，叫她尽量不要下地干活了，带孙子这样的事就交给儿媳做。五月份的时候她已经住进县城医院了，据说入院时口吐鲜血，止都止不住……一个月后她就去世了，三日后火化、下葬。胜枝得到消息时已是初秋，按她俩之前的约定，稻谷收割的时候见面，"她叫我帮她收割谷子，她一个人收割太累了，她说她老公从来是不帮忙的。我后来一直打不通她的电话，于是我坐了很久的车、走了很远的路去她家看望她……我之前答应过帮她收谷子，去了她家才知道她早已死了，埋葬在东山上……我们一辈子只见过那一面。"胜枝哽咽不成声。

我震惊得说不出话来。

"她临终前几天我们还通过电话，是她打给我的，她说'老姐妹，我身上好痛'，我当时就哭了，我说凤香妹子你不要怕痛，医生会治好你的病，很快你就会治好了，明年三月姊妹节我们这儿很热闹，我要接你来玩耍。她连声说好好好，叫我宽心，不要担心她，临了挂电话前还问我家里的粮食够不够吃，我说够的够的，顿顿碗里有肉,叫她不要担心我。我以为她住一阵子医院就会出来,哪想到她得的是肺癌,通话之后几天就死在医院了。"胜枝的眼泪喷涌出来,淌过她布满沟壑的脸庞,打湿了胸前的衣裳。

"她家里还好吗?"

"当然好,她男人享了她一辈子福,从没下地干过重活儿。现在家业兴旺了,她也就死了,他正好享受现成的好日子。"她擦干眼泪,气愤地告诉我,"我去的时候听村子里的人偷偷告诉我,说大家都在议论她男人如何狼心狗肺:六月份凤香才下葬,七月份她男人就打扮得很好看,脚穿新鞋、头戴新帽、一身新衣裳,满脸喜气去山姜镇赶集去了,在路上还跟邻村的女人对山歌,勾三搭四,唱得很肉麻……不知道的还以为他家刚办完喜事呢。"

我有些嫉妒胜枝,凤香只见过她一面,临终前打电话给她而没有打给我。

我最后一次踏上去湘西腊尔山寻绣之路。两年未至,村庄熟悉而陌生,村里新建了一幢幢新楼房,每幢外墙均贴着晃眼的白瓷砖,屋顶是红红的瓦,与古旧的木头老房子相映衬,画面极其冲突。湖边积满了生活垃圾,湖中生了一些芦苇，狗狗们围上来，一路小跑跟在我后面，簇拥着我进入凤香的家。

瘦小佝偻的老年男人迎出来，为我捧来热茶。随即又从西厢房取出几本厚厚的影集，里面是凤香各个时期的照片，他淌着眼泪对我说："你喜欢哪张就拿哪张，拿回家做个念想吧。"

她两个儿子默默坐在一旁。

男人打开紧闭的一间房门，过去这里存放的绣片曾经堆积如山，如今基本空了。两只积满灰尘的大箱子搁在墙角。他从怀里摸索了半天才找出钥匙，小心翼翼打开：一捆捆色彩斑斓、捆扎紧实的绣片映入眼帘，精美异常，等级极高。他说凤香临终前交代过，这两个箱子里的绣片是她后来好不容易找到的，不要卖给别人，小张一定会来的。

我一张张打开观赏，眼泪流下来，滴落在绣片上。

我低着头，哽咽不止，问他："大姐临终前还说了什么？"

他说："凤香拉着我的手千叮万嘱，让我日后见了你，这两箱绣片千万不要便宜了你，一定要狠狠要一个高价，能多高就多高，能多狠就多狠，不要怕你不要，你性格好，肯定会买的……反正这是最后一次。让我用这点钱养老。"

他抱着绣片哭了起来。

我气得说不出话来。

接下来便是艰难的交易,果然是我职业生涯中被坑得最惨的一次。

返程的时候,车经过高高的山岭一处荒地。多年前,凤香曾带我来过这里远眺湖水,如今秋风瑟瑟,落叶纷飞,凤香的坟墓建在那里。我跟司机要了三支香烟,让他靠边停车等我片刻。我独自穿过公路,来到她的坟前。把三支香烟给她点上,想起多年前我第一次住在她家的晚上,月亮在破烂的窗棂外升起来,映照在宁静的湖面上。

那时候我还年轻,是一个无所畏惧的小姑娘。

疯大姐

原来生活是这么美好,过几天我不要缝衣服了 我要去她的家乡看土豆开花

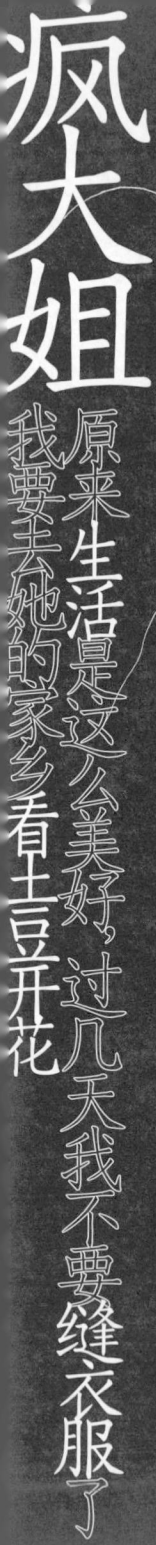

土豆花

我的样衣工疯大姐是个有趣的人儿。

她说，古城一直泡在雨水里，像泡一盆绿豆芽。四月之后，丽江的雨就一直没停过，它们有时候像小孩嘘嘘时细细淌着，有时候又会像发酒疯的女人骂街，一瓢瓢往街心泼。我说：等一下，嘘嘘是什么？嘘嘘你不知道哇，亏你还是大学生呀。我说我真不知道，有请你这个初中生指教一下。

"嘘嘘就是小孩子尿尿。"她得意地说。

哦，原来是这样。我说，希望她下次使用比喻句时斯文一点，污损了优美事物就不好了。何况污损了是小事，落下口实，随时会诱发我对她的人身攻击。听到与她生活有隔膜感的疏离的"优美"二字，她结结实实笑起来，冲我大喊一声："哎呀我的妈哟！"

"我没有你这样的不孝女儿。"我果断地说。

她嘻嘻笑着败下阵来，抖开一块粉色皱巴巴新料子，用笨重的熨斗细细熨着它，时而停下按一下熨斗前嘴的喷气按钮，让它发出"呲呲呲"的声音，伴随着喷薄而出的白雾气，粉色硬纱绸布从波澜起伏的狂狷中顿时安静下来。

她一点也不疯，她本来姓和，却自己私下赐自己一个姓氏"风"，出处是希望做一个"风一样的汉子"，久而久之，就成了我们口中的"疯大姐"。她在边陲小城过着悠然的生活，工作是为我缝制稀奇古怪的衣裳，休息时便找老姐妹吹吹牛、打打麻将、去玉龙桥边打跳（纳西族广场舞），她美滋滋地说："哎呀，我们纳西人的日子过得像枝头上的鸟儿，想飞到哪里就飞哪里。"随着时间的推移，我移师北上去北京开新工作室谋求发展的心意已决，希望能调疯大姐去工作。那天早上，她按惯例吃罢油茶与粑粑，便来店铺后院原先的老工作室上班了。她的胖脸蛋让太阳烤得通红，冒着热气，咧着嘴冲我笑：

"张小姐，丽江难道不好吗？你何必要走呢？"

"大姐，我要去北京做我的事业呢。"我没好气地说。

"你的事业是什么啊？"她朝我挤挤眼。

我在老工作室的布料堆里翻腾，意欲找出一块水红色的绸缎，与一截翠绿粉花儿的白族绣片缝在一起。水红色绸缎的鱼儿遍寻不见，滑向了布料的深海。我找得累了，倒在布料堆里，盯着她的胖脸蛋，慢腾腾地傲慢地说：

"我的事业是缝衣服。"

"张小姐，在哪里都可以缝衣服的呀，一样是缝，为什么一定要去北京缝呢？"

我错了，这是个不该开始的蠢问题。

她来自一个名叫泰安的小镇，离异后独自来到丽江凭手艺讨生活，偶然的机缘加入我的团队，为我工作。泰安是丽江下辖的一个乡，是著名的洋芋之乡，以盛产肥白胖大的粉甜洋芋而驰名于当地。每逢人间四月天，便是洋芋花开的好时节，天与地相连，一片粉与紫。疯大姐言之凿凿称："去观过景的人都说，普罗旺斯算老几，泰安洋芋花才是王道。"我没有去过，所以更是万分神往。

和大姐热爱家乡，是个牛气十足的人，平时我要是

我们纳西族人的日子过得像枝头上的鸟儿
想飞到哪里就飞到哪里

寻绣记

招惹她不高兴，例如纠正她哪道线没有缝直、哪只扣子钉错了位置，纠正的次数多了，她会摇着脑袋回敬我一句底气十足的话：

大不了爷不干了，爷回泰安种洋芋！

每当她一祭出这个威风的地名，我立即软瘫下来，强打精神，堆起笑脸，凑上去说："姐，晚上你想吃点啥？我叫厨房给你做。"

每年八月初火把节的时节，她家乡的大地就变成了一张巨大的花毯。屋外漫山遍野开满了半人高的粉紫素白的花儿，能够漫过八岁小孩儿的头顶。在她的描述中，这些花儿红红紫紫，纤纤弱弱，色泽艳明欢悦，密实而不透风地从脚下边一直蔓延铺开，直至天际……

我拿来普罗旺斯的薰衣草图片给她看，问她：是这样的花儿吗？

她说不是，但是却保证比这图片上的更美，更密实而波澜壮阔。

原来生活是这么美好。过几天，我不要缝衣裳了，我要去她的家乡，看土豆开花。

吃完樱桃就走

疯大姐喜欢跳舞，喜吃猪头肉，在经过了漫长的独居生活之后，在45岁那年，遇到了一位肯亲手炖猪头肉给她吃的本地男人。她觉得当然是本地男人好嘛，外地男人靠不住哦，他们会飞走的，而我们纳西族的女人离不开自己的土地，我们像庄稼一样种在这里……爱情不知何时不期而至……疯大姐恋爱了。

正是这个边陲小城三月时节，空气里有沉沉的月季花甜腥的味道，我拎着行李，开始了奔忙在北京与丽江两地的生活，与她在古城口话别。她顶着一头粘满花瓣的自来卷头发，跟我絮叨她的恋情最新进展：

"早上的时候，每回总是他先起床，把早餐做好了才叫我起床，有时候早餐是直接端到我床边，让我吃完了再起来……他家的院落好大的呀，张小姐你不要生气，我讲实话吧——比我们的工作室大多了！他老父亲在院落里种了好多果树，春天看花，秋天吃果，冬天的时候枝条上蹲着一串串鸟儿，它们把房子盖在树杈上，大多数的时候会飞出来晒太阳。树下就是菜畦，比菜场买菜省好多钱，而且吃起来很香很香，一点儿也不像咱们工作室的工作餐那么难吃。"

"哼哼，嫌工作餐不好吃，为什么你每次都要吃光？"

她又嘻嘻笑起来，安慰我："当然，跟我的那个他做的菜比起来呀，全天底下的菜都难吃啊。"

裁缝们每天的工作繁重而辛苦，从老绣片分类、清洗、消毒、修复，到面料的清洗、整烫，到成衣制作过程中的制版、白胚、样衣等等，所有的过程手工完成，手工缝合。

人们或许想不到，世界上所有创造奇丽而美好的事物的过程往往充满了世俗生活的磨难，有时候，一颗错位的纽扣,一根走歪的线,亦有可能将我们的情绪拖入深谷。

  阁楼上,姑娘们一边干活,一边说说笑笑。疯大姐是我们中最年长的,恋情曝光后,日常的八卦话题便由此而起了。我问她:

"大姐,他打算几时娶你?"

一提到结婚两个字,疯大姐的脸顿时红起来了,从巧克力色的脸颊上涌现的红晕像咖啡奶面上的泡沫,她摆摆手,又捂着脸叫起来说:"啊呀呀,张小姐,不要提结婚两个字,人家好害羞的,我这么老了,结什么结呀?传回村子去,会让人家都笑的。"

"凭什么不结啊,凡是不以结婚为目的的谈恋爱就是耍流氓!毛主席说的。"

"我一点儿也不喜欢他呀,你是知道的。"

"我不知道,你都不肯带来让我们看看长什么样儿!"

"哎呀,有什么好看的呀,一个老头子嘛!"她嘻嘻笑,在两眼角各开了一朵菊花,"可是,我喜欢他对我的好,真的很好的呀,虽然他与我同岁,但是让他一个人老掉好了,我就不要老了,不要当老太婆,对不对?"

"是是是，大姐，你是我们心中永远的小萝莉！"

"萝莉是什么东西呀？吃的吗？喔，我明白了，比桂梅家乡九河的黄皮梨还要好吃，对不对？"

哦，大姐，你又赢了。

我在那一年春天开始了新的征程，决意离开温暖的小城去遥远的京城，去建一个新的工作室，招募新的缝纫师傅组成新的团队，继续缝制各不相同的奇怪的衣裳，卖给那些对现实有各种丰富感受的人（主要是不满），事实上，这是我的错觉，仅仅是我一个人在疑惑人们买它究竟是因为开心还是愤怒。当时，我希望跟随我多年的老员工疯大姐随我一起迁移。她嘴上答应了，却迟迟不见行动。她对我说：张小姐，丽江老工作室更需要我呀。我说你胡说八道，老板我觉得北京更需要你。

谁说的？

我，你老板说的。

对于为什么故土难离，除了对恋人的牵挂，疯大姐给出的解释也只寥寥数语，精炼简洁："张小姐，我爱吃丽江树上的樱桃你是知道的呀。"

哦，这我当然知道，她时时有念叨，世上除了猪头肉，能让她惦记的，只有樱桃了。适时，樱桃树上的花

因为,只有泡过八月天雨水的蕈子,才是又不胖又香的好蕈子啊

寻绣记

儿正开得粉粉白白一片，离结果儿的时候还早着哩。我发愁不已，沿街望去，深巷里的樱桃花儿一片片，开得如云彩，如落霞，一团团的煞是好看。一天天过去，眼瞅见花儿将落，可以预见不久之后，果儿起了一点点青青小蒂，然后慢慢长大，从小米粒到一颗颗胀鼓鼓的红果儿，不会费太久时日。北京新工作室刚刚启动，没有熟练的师傅带领，新手进入工作状态需要更长的时间。"吃上这一季的樱桃就去北京给你好好干活"，疯大姐看着人家院落里的樱桃花儿对我许下的愿是这么说的。

我是知道的，亲爱的大姐，你不肯离开，樱桃不是最主要的，因为它并没有给你做猪头肉的那位男人重要。这句话在心里盘旋着，飞来飞去，也没有说出来。

我答应她，允许她吃完这一季的樱桃再离开。

话是这么说，当她吃光了丽江树上的樱桃，也不肯离开。

按之前的工作部署安排，我运大批布料、辅料、绣片先走，到了北京建立了新的店铺、工作室，招募了新人进行工作。从此，我便开始了北京、丽江两地飞的生活，每隔一段时间，我就会飞回丽江，继续我的营生，填充新的设计任务给他们，以维持旧工作室的运转，给疯大姐安排新的缝纫活计，缝完了帽子，就缝包包，缝完了包包，就缝裙子。然而她依旧不提跟我去北京的话。有一回，她还好意思兴味盎然问我：

"张小姐，北京好还是丽江好呀？"

"北京好。"

她咧开嘴，不服气地大笑："哼哼，骗人！我们丽江有猪头肉吃、有樱桃吃，还有四月天里的桑葚，肥肥长长的像毛毛虫，可是甜得不得了啊。哦，我们还有八月份可口鲜香的松茸菌，雨天里的松树下，一窝一窝长着圆圆白白的脑袋，嫩得不得了，摘回来洗干净，用小火和土鸡一起炖……哇哇哇，张小姐，真的香得很啦！啧啧。"

我气得笑了，松茸是每年九月才摘下山，我问她是不是打算把松茸也吃过季再走？

她很诚实地说："是的。"

说起丽江的好，疯大姐嘴上顿时抹了槐花蜜，神气活现，她一边干活，一边开始了家乡颂，最后，意犹未尽地告诉我："张小姐，我保证，如果你吃过我做的松茸炖土鸡，你哪儿也不会去了，你将抛弃你的'事业'，一心待在丽江不走了，你会天天盼着下雨。"

"我为什么要天天盼着下雨？"我被她的逻辑循环晕了。

"因为，只有泡过八月天雨水的菌子才是又肥又香的好菌子啊！"

北京不好

2011年秋季,当丽江山上的松茸下市,吃到最后一点点小菌子也过季了,路边的草儿也黄了,疯大姐收拾了行李,告别恋人,随我来了北京,事先讲好了只工作半年,便调回丽江原岗位。

我亲自去机场接她,出租车载着我和她穿过喧嚣市区,过五环桥,毫无悬念地开进环铁艺术区的工作室门前时,疯大姐傻眼了,她做梦也没想到我承诺的"花儿一样的北京城"居然是开放在芦苇荡与野生丛林之间,根本不是电视上新闻联播里那个样子。除了紧邻的国家电影博物馆像几只巨大而丑陋的玩具并列趴着,便是绵绵不绝的灰蒙蒙的野草延伸向远方,其间还散落着零星破烂的平房——生活无激情,坚持喘气就是为了等候拆迁办的到来。

"张小姐,这是北京吗?你真的很确定是把我运到了你所说的北京?"

疯大姐是个天真的女人,为了看一眼天安门,朝觐她心中的毛主席,她放下情深义重的恋人,放着丽江风和日丽的温暖日子不过了,不远万里倒几趟车随我从家乡来到了北京工作,却没想到是这样的。下了出租车,她闷闷不乐,拎着行李跟在我后面一路小跑,一边跑一边说:

"张小姐,我怎么感觉不像到了北京,而是像回到了我的老家泰安。"

刚到北京没多久,我就发现长期在这儿生活,没有车是万万不行的。

疯大姐的到来,让买车提上日程。虽说北京限车令日益严格,道路拥堵现象无法解决,经常从凌晨六点的五环路上堵起,到夜里十二点才得以缓解。我们的工作室位于望京郊外,没有公交或地铁直达市内。如果没有车,日常出入环铁,我们遇到路过的空车的士的可能性太稀有。更别说一旦以后夜里遇到什么急事要紧急入城,总不能跑步吧。财务就这个问题跟我沟通多次:"如果没有车,平时出行的时间耗时太长,工作效率低下,总不太好吧。"

她说得很有道理,我何尝不知。

只是眼下工作室新建,花钱的地方多,手头紧,给每人配专车是不太可能,只能给部分骨干配车了,还不能是好车,好车费钱呐。当然也不能太差,太差会丢我作为老板的脸。历史悠久、市场占有率高、品牌竞争力全国排名前三名以内的牌子就行了。思来想去,经过跟小助理沟通后,大家一致通过,立即买两部车,疯大姐和小助理一人一辆。我就不必了,大小也是个老板呐,只管坐车就行了。

当天我们就提车了。

一辆永久。另一辆还是永久。

本来打算买捷安特,结果太贵了,要八百块一辆。后来就果断买永久了。

有了车,日子方便多了,疯大姐只用了五天的时间就对"北京"了如指掌。每天清晨,我们还在睡梦之中,

那儿也没有家乡好呀
这是疯大姐在北京
生活了半年最深的体会

她已经驾驶我配给她的永久牌专车在周边马路上游弋。看小鸟从枝上起起落落,看行人从车边匆匆而过,她对我说:

"张小姐,北京也不过如此嘛,就是人多、车多,云少、鸟少、花儿少,我不稀罕呢。"

"可是,既然主席和总理也天天待在这没云彩的地方,你待不得?"

疯大姐想了想,觉得有道理,没再闹着要回家。不过刚吃完午饭,她又叮嘱我了:

"张小姐,你不是答应带我去看天安门吗?那我们什么时候出发?"

"等我刷完地板油漆,就领你去。"

"你骗人。"她噘着嘴,蜷缩在沙发上,一只眼斜着看电视。电视上没完没了地上演她最爱看的韩剧,一个美丽善良的女人昨天死了,是被狠毒的情敌害死的。她不喜欢坏女人,所以只要电视上这个倒霉的女二号一出场,她就憎恶不已,捂着脸不忍心看她又出什么阴招谋害楚楚动人的女一号。我安慰她,跟她讲道理:这剧长达三十集,这才演到第七集,导演哪可能会让主角死掉?她都死了往下这片场里几十号人的戏怎么办?

可是她明明死掉了!她说。

我只有拍着胸脯保证：导演一定会安排她在两集之内复活！不然我愿意把我的眼珠抠下来让她当炮踩、把我的头摘下来送给她当球踢。她不太信，嘴里哼哼着，说："你骗人！"

"我没有骗你。"

"你骗人，你前天说等你买了餐桌就去看天安门，昨天说等你买了书柜就去看天安门，今天你又改口说刷了地板漆就去看天安门！到了明天，你肯定说'嗨，油漆还没干呢！等它干透了，我们就去天安门'，对不对？如果我跟你生气，你就又说啦'大姐啊，天安门一夜之间又不会长脚跑掉，主席还在里面办公哪'，对不对？"

我忍不住笑起来，觉得她说得有道理。

哪儿也没有家乡好呀。

这是疯大姐在北京生活了半年最深的体会。

桂梅

清风明月夜,愿她能够在夜里就着儿时就熟悉的江水声,入梦,不再夜夜失眠

喊魂

店小妹桂梅说,她的魂丢了,让我想个办法帮她找回来。

她向我提这个要求之前,我刚从菜场买西瓜回来,卖西瓜的男人坚决要求我同时搭买一把野花,否则他宁可西瓜烂掉也不卖给我。我看着他手上歪头萎脑的小黄花儿,表态:我,一个木府门口的裁缝,是坚决不会要这几朵破花的,打死也不要。我只买西瓜、不买黄花。

"你没看我的花快萎掉了吗?"他气呼呼地说。

"你的花萎掉了不关我事。"

"关你的事。"

我气得大叫起来:"关我屁事,我只是想买个西瓜而已。"

卖西瓜的贩子比我还激动,他对我说了大通道理:"我的花儿快谢了是不假,可是我的西瓜可新鲜着哪,刚刚从地里摘出来的,你闻闻,地里的湿土气还粘着,甜得不得了,你要是吃上一口保证你还会回来把我这西瓜买光。所以我就说啦,我的西瓜这么紧俏,根本不愁卖呀。你要是不爱花的人我也就算了,可是你以前天天上我们家来买花的啊,现在为什么不买了?它虽说快谢了,可只要插进花瓶里,拿泉水泡着,立马就水灵啦。"

我觉得他说得也很有道理,接受了他的逻辑,付完钱,就拿着花和西瓜回来了。一进店便看见桂梅在独自垂泪。她说,她又是一夜没有合眼了,连续半个月没睡好,吃什么药也不管用,药钱也花去了七十多块。刚才从药店出来时,门口一位摆摊卖袜子的好心大爷点醒了她:"娃啊,你这个病,国家是瞧不好的,再瞧也是白花钱。因为你没病,你是中了邪,魂掉啦,治病要治根,魂丢了要找魂。怎么找?喊!对,要喊,你喊,魂才找得到回家的路,回到你的身体里来接着上班。你要喊魂,把魂喊回来才能好!"

自从半个月前,桂梅从店里走出来,刚走到木府门口,没留神让工作室里负责版式的范老师从背后拍了一掌:"嗨,你去哪儿?"之后,这个纳西族的小姑娘就再也没睡过安稳觉了,脸色一天天暗黄下去。

我气坏了。

我说,我是你的老板,还是一个受过高等教育的人喔,不是你可以胡闹的对象。

这话跟桂梅很难讲通。她耐心地用了一天的时间,洗绣片的活儿也搁置一旁,搬了小板凳坐在我的工作台边上,跟我嗒吧嗒吧地讲了许多道听途说的当地掌故,怪力乱神,猛鬼夜敲不孝子的门,童子尿喝了能上天,诸如此类。以她有限的19岁人生经历来看,她相信这些流传已久的说法不能粗暴地否定,不是完全没有道理,她的祖祖辈辈靠着这些朴素的逻辑从历史长河里走过来,哪能说否定就否定了呢?老板你有什么依据说这童话里都是骗人的?

喊吧,只要你能摆脱失眠症。

我输给了她,同意了她的说法。我对她说:"桂梅,你说得很有道理,如果你认为祖传秘方能治好你的失眠症,你就去试试吧,反正不关我的事。"她表示感谢我的宽容与理解，但是这事就关我的事，关系大了。

我跳起来："关我毛线！"

原来她打算把喊魂这个光荣的活计交给我，由我来喊，因为按规矩她本人是不能亲自喊的。本地习俗（原来喊魂也是习俗的一种？）里对这一点是很讲究的，自己的魂是不会听自己使唤的。如此这般，我不得不硬起头皮上阵了。见我应许，她松了口气，于是把喊魂的来由和注意事项也跟我慢慢道来，讲了个清楚明白，原来事情是这样的：所谓三魂六魄中，三个魂之间是分开管理的，她的老家就放着一个备用的魂，她身上随时跟着两个魂，前阵子让酒疯子吓走了一个魂，半个月前被范老师又吓走了另一个。现在我必须要在晚上十点左右，站在她丢魂的木府门口大声叫她的名字三次，调儿要拉得长，嗓门得大，这样她的魂才听得见，回到她身上。

还必须是在午夜里喊。我想不通这是什么原理。

总之，最后我站在木府门前以我自己听了都发寒的声调完成了这个任务。

没想到到了第二天早上，她告诉我说昨晚还是没有睡好。

"这就对了，这说明迷信是不起作用的。"我说出我作为一个正常人的心里话。

昨晚那只虫子，应该就是被喊回来的我其中一个魂

她不理会，独自坐在店铺的窗棂前捏着衣角，皱眉瞅着窗外的天空，仿佛天上有字。就这么呆呆地看了好几个小时，午餐也不准备做了，她说她不想吃。我说我想吃。她让我自己想办法。直到下午时分，她从漫长的回忆里醒过神来，不无担忧地告诉我说她用了一天时间回忆了所有的喊魂细节，到底是哪儿出了问题？！都没有错啊，一切都是按国际标准来执行的，按说程度、情绪、声音都无问题。只是，她想起来一个细节：在昨晚临睡前，床前的地板上慢慢走来一只小小的虫子，红脑袋绿翅膀壳儿，还拖着一条小尾巴，朝她慢条斯理地走过来了……

"然后呢？！"我不知怎的，头皮有点发紧。

"然后，我走上前去，一脚踩死了它。"

呃，踩得好。我鼓掌。平时跟她说多少回了，员工宿舍要及时打扫，不然净长虫子。话虽这么说，桂梅看起来依旧忧心忡忡，愁眉不展，低着头想了一会儿，告诉我："刚才，对门的大姐已经帮我分析过了，昨晚那只虫子，应该就是被喊回来的我其中一个魂！"

我差点没给她跪下。

后来,在店务十分繁忙的情况下,我还是放了她三天的假,让她回金沙江畔的老家休息几日,顺便让她妈妈帮她喊魂。金沙江两岸风光绮丽,空气远胜城里许多,夜里也宁静,对她的睡眠会有帮助。

呃,可劲儿喊吧。

清风明月夜,愿她能够在夜里枕着儿时就熟悉的江水声入梦,不再夜夜失眠。

啦啦啦

过了一阵子,已经治好了失眠症的店小妹桂梅看起来又有点古怪,照镜子的频率平均每小时增加了两次,开始大量买新衣服,要么偷偷发笑,要么眼珠动也不动地盯着电脑屏幕。我冲过去抢看一眼,她都要发出尖叫声护着屏幕不让,吓得门口寻食的流浪猫夺路而逃。强行看后,却发现上面什么也没有,只是挂着她的QQ,这QQ还是别人闲置弃用给她的。据我所知,她还没有学会打字,所以我很放心。不过,她似乎开始热爱看店这份差事了,尽可能把我支开:

"姐姐,有我看店就行了,您快去工作室忙吧,客人的订单您还得赶做出来呀!"

把我感动得热泪盈眶,回工作室接着干活去了。

下午过来换她去做晚饭,轻手轻脚走到她跟前,她双颊绯红,眉飞色舞,全神贯注盯着电脑屏幕,居然已经学会了在键盘上慢慢打字,直到我发出大笑声才把她从虚拟的世界中惊醒。

"姐姐,你真讨厌啦啦啦!"

她羞得脸红红的,令我大惊,这还了得,监管不力,若是惹出什么乱子,我是有责任的。于是命令她打开聊天记录让我检查有无不健康内容,怪了,横看竖看也无不健康聊天,全是跟同一个人的对话记录,内容净是:

"午饭你吃了吗?"

"我吃了,你呢?"

"我也吃了。"

"吃了就好,我当你没吃呢!"

吃了! 没吃! 他们所讲的吃的是什么呢? 我还当是人参果,结果再往前翻看记录,显示他们所谈的确是午餐不假,余外,也全是废话。例如:

"你们湖北狗多吗?"(额的神啊,哪儿的狗不多啊?!)

"狗有，但是多不多我不知道，你们丽江的狗多吗？"

"我也不知道，我们这儿什么样的狗都有，有的长着花纹，有的没有，是纯色的。"（这有意义吗？）

内容实在乏善可陈，还好，胜在无"不健康"内容。我松了口气，心想总算对她爹妈有个交代。再一看那小子网名：帅就一个字。籍贯湖北，年龄二十五，个人资料上居然连手机号码也标上了，自我介绍那栏还写着：帅就一个字，没你我不行……爱你到天明，人生好玩最要紧，爱玩的看过来，不好玩的快滚开！滚啊滚……我顿时凉了半截，喝住意欲溜掉的店小妹："这种坏小孩你怎么要招惹？一看就不是好东西，叫他滚远点，死远点，然后立即拖到黑名单里，让他永世不得翻身！再跟他聊天我就告诉你爸妈，让他们收拾你。"

她嘻嘻笑，说："我知道啦啦啦，他说这QQ也不是他的啦啦啦，也是别人给他用的啦啦啦，上面的自我介绍跟他其实没关系啦啦啦，好啦啦，人家以后跟他少讲话就是啦啦啦！人家一点也不喜欢他啦啦啦，是他总找人家讲话啦啦啦，真讨厌啦啦啦。"

神啊，她的舌头怎么啦啦啦。

姐姐,你真讨厌啦啦啦

人物篇

大牌店小妹

桂梅头也不抬地看书，我在她身边走来走去，也没有理会我，更没有理会店务。我忍不住抽过书一看，吓坏我了。原来是我新近买的尼采所著《权力意志——重估一切价值的尝试》。我再没敢多讲话，轻手轻脚走开了。离她不远的地方，放着大堆的绣片等候清洗，小猫在绣片堆里欢快地打滚儿，把一只清代绣荷包当玩具，含在嘴里满地滚。不一会儿工夫，就成功地撕烂了。

这是尼采所料想不到的。不过我猜测尼采如此天资聪慧，洞悉人性，连上帝都不放在眼里，他生前所雇用的伙计一定对他的哲学理论毫无兴趣，而是个爱看肥皂剧与流行画报的家伙。

有一天，我发现她手捧一本尤瑟纳尔的作品，坐在店铺门前的石阶上阅读。晓风轻拂，柳叶儿轻轻飘落下来，沾她衣裙。她时而念念有词地朗读，时而进入冥思苦想的忘我境地，时而对着天空翻着眼皮咀嚼回味书中的句子，让我吃惊不已。差点令我推翻了以往对纳西民族的固有偏见，结结实实反省了一把。后来，当她把我书架上诸如卡尔维诺、伍尔夫、博尔赫斯等大牌作家的作品均扫荡完毕后，我基本不敢大声指挥她干活了。我小心翼翼凑到她跟前，满脸堆笑试探地说：

"桂梅，你做菜真好吃呀。"

"人人都这么说。"她同意了我的观点。

"特别是那道青豆烧蘑菇，真是可口又美味啊，我爱吃极了。不过……嗯哈，是这样的，我已经连续半年吃它，餐餐桌上都有它，早上是它，中午是它，晚上也是它，我就是铁人也扛不住、受不了的，你就放过我吧……今儿做饭能破例换个菜炒炒行不行？！"

她是个勇敢的人儿，敢于直面问题，她把眼睛从书页上挪开，直直看着我："想吃新花样？你可以去餐馆点菜吃啊。我的名字又不叫餐馆。"

送别

2007年我第一次见到大柜史生,就一眼就看出他是日本人。

因为本地人鲜有他这么有礼貌的。

那时他是丽江旅游学院的留学生,没事总在古城里晃悠,对一切都充满好奇。经常爱逛我的店,一个人在店里转来转去,在一件件老绣制成的衣服面前流连忘返,时不时掏出一只柄把上缠着胶布的放大镜对着绣片细节端详,嘴张得大大的,细长的眼睛眯缝着,会因某个意外的发现而突然睁大,放出天真而惊喜的光芒。时不时还掏出小本本记录今天观摩的收获。大柜史生光看不买，临了出店门，一定要对我们深深一躬，用生硬的汉语表达谢意与歉意。隔不了多久，他又来了，又是光看不买，拿着小本本记录观摩之后的感受，完了再鞠躬道谢，态度谦卑得令人恨不得留他吃了饭再走。

他眉目清朗，眼神清澈纯净，身形却瘦得像一缕轻烟，好像随时会随风而上房顶。深灰色细条纹精纺窄裤子紧紧包裹在他两条细腿上，浅灰色亚麻衬衫外面套着褐色宽条纹毛衫，上面钉着米白色贝壳制成的扣子，皮鞋尖得像火箭，随时准备发射，看得人好担心。

他喜欢向我请教老绣片方面的学问，详尽了解它们民族分类、工艺的种类、名称、年代、图案的寓意，并且时时掏出小本做笔记，把我讲的有关老绣片文化的每一句都要认真记录。还要念一遍，让我听听有没有记错，发音是否准确，对不懂的新词，他一定要单独标注出来，对它们的中文含意反复揣摩、默记，等到以后交谈时，他果然能准确无误地说出来。

慢慢地，时间久了，我们成了朋友。

他对中国有旺盛的好奇心，喜欢找桂梅聊天，用很严肃的口吻请教一些很好笑的问题，例如有一回他问：

"你们中国的猪平时爱吃什么?"

"吃米。"

"这或许是错误的,至少你们云南的猪不是。"

桂梅嘎嘎嘎嘎笑起来,捂嘴笑,辩称:"你凭什么说不是?"

这样的问题难不倒他,他迅速从包里抽出一摞纸,找出其中一张纸中的图片,指着图中正在进食的猪点给我们看:"这是我在你们云南怒江拍摄的照片影印件,当时我去采访这只猪,想知道它快不快乐。你看,这只猪很不开心,我能感受到它有多么不开心——看,它吃的是碎草做成的面饼,没有米。"

我一脸正色,故意逗他:"你偷拍的行为伤害了中国人民的感情。"

他着急地摆摆手,连连道歉,表示他单纯地好奇中国各地的猪吃什么,跟他家乡京都历史上的猪差异在哪里。我们哄笑起来。每当这个时候,一旁的桂梅便开心不已,捂着嘴笑。她喜欢听他不流利地说中国话,看他每遇到不懂的问题、发现新的信息就掏出小本做记录,遇到听不懂的词语就请教。桂梅也很愿意客串一把他的中文老师,纠正发音,教他一些云南风土人情方面的知识。作为回报,大柜史生自告奋勇教她日文,布置作业,赠送日文教材，还每个月来店里一次，当面检查、抽查上个月的学习情况。

在留学这四年间，大柜史生利用课余时间，足迹踏遍了云南绝大部分山区，探访了云南二十六个民族的典型生存环境，拍下有关服饰与生存状态数万张珍贵的资料图片，文字记录厚达两尺，人物采访达一百多个……有一次，我无意中打开他的资料册，看着上面细密的蚂蚁般的小字纵横的厚厚纸页，记录着他所探访的山寨的位置、人口总数、民族归属、服饰特点（附大量图片）、主要农作物、风土人情、婚嫁礼仪、家畜总数……他希望利用留学的这几年时间做一些他认为有价值的事，例如出版一本关于中国西南各民族的编年体考察史料书，以丰富日本国在这个领域相对薄弱的环节。

这个日本人做事就是认真。

干什么都认真。那架势，令我想起了相关资料书中曾言及在日本侵华战争爆发前的二十年，日本人便已将中国东三省的地理位置、人口分布等诸多情况了如指掌，细化到每一条街每一条山沟。

他离开的好几年后，有一天，我真的接到他的越洋电话，说书出版了，要寄一本给我。

她是个勇敢于直面问题的人

——

大柜史生要离开中国回日本了。

那天傍晚时分,他来店铺里辞行,用已经很流利的中文对我说:"书林,你好,明天我就要回国了,在若干年后也许还会再来中国,也许不会……但是我会记住云南,记住你和你的店小妹。"我们惊愕,虽说是意料之中,但依旧难以相信,难以表述依依不舍之情。我说:"大柜史生,我请你吃晚餐吧!"他高兴地答应了。

桂梅在后院清洗绣片,一直低着头傻笑,时不时走进室内取东西,假装没听我们聊天。我说桂梅,你的日本老师要走啦。走就走了嘛,谁稀罕。她硬硬地应声,粗声粗气,也不在乎让她的日文老师听见。我走过去悄悄塞给桂梅五百块钱,说:"别洗了,回头再洗,绣片是洗不完的。快去吧,替我请我的朋友大柜史生、你的日文老师去街边找个稍微像样的餐馆吃饭,算是为他饯行。我没时间,就不去了。"

她欢欢喜喜的,两个人就一起出去吃晚餐了。

此去经年,想必再见已无期。

晚风吹过,街心红灯笼亮起来了,一串串垂吊下来,在风中摇摇晃晃。

一顿饭的工夫之后,大柜史生走了,店小妹桂梅回到了店里，把钱原样不动塞还给我，说："姐，饭钱我用自己的钱支付了，这是我应该为他饯行的晚餐，我想尽我的心意，所以不能花你的钱。"她看起来心潮起伏，摆弄了一会儿绣片，无心再清洗、整理，在店里走来走去，围着猫打转。猫不想理她，满屋子乱跑起来。桂梅找来一根缠满花球的细竹棍，挥动着，逼猫跟她玩。我过去问她吃了些什么？去了哪个餐馆？菜贵不贵？她表示没怎么动筷子，大柜史生看上去胃口不错，吃得比她多，云云。半晌，她依旧安静不下来，坐在店里的小椅子上摇来晃去，一会儿傻笑，一会儿骂那个该死的日本人。她像喝过酒，事实上根本没有喝过。

我有点担心，问她："桂梅，你怎么啦？"

她一脸笑意，却是用气恼的声调大声说："姐，那个大柜史生真讨厌啦啦啦，他居然亲了人家啦啦啦，他明明不喜欢人家啦啦啦，为什么还要搅乱人家的心啦啦啦，人家本来是个清纯的无辜的少女啦啦啦……"

我问她："亲哪儿了？"

"亲前额！在路边告别的时候。"她回答说。

我不禁笑了，说："没关系的，大柜史生亲你的前额是表示他对你这个妹妹的关怀与怜爱之情，没有恶意，也没有别的意思喔。好啦，开始干活吧，不要想这个人了。"

她闻言，愣了一会儿，开始低头继续做手工活，今晚的任务是往一条刚做好的裙子上缝细碎的小铃铛，目的是让它在随身摇曳时有隐匿的声音传出来，步步生妙音。那夜，店门外夜色深浓如酒，秋风扬起阵阵细雨，细雨霏霏沾行人衣袖。她干了一会儿活，忽然又没由来地说：

"真讨厌啦啦啦！"

皮鞋师傅

花片大概是他心底里温暖的词儿
像童年的布老虎一样简朴可爱

祖上的荣耀

那条深深的小巷里，住着我的皮鞋师傅，他长着一张造型出奇有意思的脸。平日里，它既不像是想微笑，也不像是欲哭泣，它总是在介于二者之间的情绪里摇摆，令人瞧他一眼，便手痒得想磨墙头、舌苔变厚到恨不得用刀片刮了又刮才爽气。他眉毛挤成了一团，压迫着眼睛，硕大的下巴不管不顾地跑向了嘴的另一边。可是他真的是个好人哩，白日里太阳还没出来，他就起床给两个小娃儿做早饭，一个用碗盛着白米饭径直喂，另一个用奶瓶儿装着红糖水塞在小手里，让她自己叼着吸。打发完两个小娃娃，他就开始了一天的活计：缝鞋子。用他祖传的手艺，帮我缝我设计出来的五花八门的花里胡哨的鞋子。山里的纳西族人心眼实，经常一边缝，一边忧心地对探工的我念叨：

"张小姐，我可不可以讲句话儿啊？"

"说嘛！有话就讲出来，讲出来你心里就像喝了蜜。"我也无所谓他讲什么，反正他年年讲，日日讲。

他叹了一口气，对我说道："你瞧，这么难看的东西，会有人付钱买它吗？！"

是啊，如果他知道世界已然不是他心中的样子了，这会是多么令他伤怀啊！我听得嘿嘿直笑，笑得他心里直发毛，赶忙垂着头接着忙活他的活计了。他老婆是个从山里一起下到古城里来的普米族女人，在这个时候开始了这八平方米大的一家子的洗洗涮涮。虽不算是妙人儿，但也是红面长身，浓而秀丽的眉毛弯得像月牙，总是一脸羞赧地对着人。女人穿着宽大的袍子，上面飘着奶迹。她喜欢将许多奇奇怪怪的物件倒进一个大红塑胶盆，撒上一层白白的洗衣粉，像初冬的薄雪罩着荒岭。然后端到河边，让河水飘进盆里，再端放在岸边，整个人跳进去，用脚欢快地踩将起来。白雪一样的洗衣粉很快就消失了,化为乌金色的泥浆。

我看了好几回,也不清楚她天天这么高兴地到底在踩什么。

皮鞋师傅说归说,说完了还是老老实实按图纸上的花样一丝不苟地完成工作。他把皮子切割成细长儿,慢慢搓成圆条儿,绞成一朵朵的小雏菊,吊在鞋脖子后面,一走一晃荡;也能够做漂亮的小红鞋,上面支几只欲飞的皮质鸟儿,鸟肚子塞上棉花,鸟的细脚长在鞋帮外侧,上面还缝着细铃铛,人穿上鞋后一走路,铃铛就伴着鸟身子轻轻一抖,便支棱着上下晃动,叮叮乱叫;也能够把皮子切割成一朵朵五彩缤纷的小祥云,牢实地贴在鞋头与鞋跟,一来防止踢人时伤了鞋面,二来也是图个好彩头——脚踏祥云呗。

我曾提议,咱们不能老贴云彩纹饰,可以换一种花样嘛。他立即鼓着眼睛对我说:

"那可万万不得行!老祖上传下来的花样,你说换就换?!天下就乱了乱了乱了哇!"

他是当地有名的皮匠后代,说起祖上的荣耀,他黝黑的脸上立刻会绽开一朵皱皱的花儿。对我说:呐,想我爷爷的爷爷的爷爷，缝的皮靴子远近闻名，赶马的跑货的走脚的哪个不晓得他啊！我又好奇地向他打听：赶马的跑货的走脚的分别对应现在的什么职业？

他吃吃地笑了，说了实话：这是马帮人员的不同叫法呗。

原来全都一回事。

古城的日子实在太好过啦！一年又一年，像刷信用卡一样痛快。

"好过"是当地人的口头禅，意思是：快活、安逸、自在。信不信由你，待在这儿的人，的确可以像草一样活着，阳光一照，就滋滋往上直冒绿尖。七月的雨水一淋，又顿时化作了盆里的海带，快乐延展着触角，直到把盆填满。报纸上的新闻越来越跟这个古城没一毛钱关系了，上面天天说"政府三令五申坚决要把房价降下来"，可是雪山下的大别墅还是很贵很贵，一直降不下来。报纸上面还说，政府希望老百姓要相信党有信心有能力带领大家奔小康，但是也没有捎带着讲明白"小康"到底是个什么玩意儿，是秋后的甜菜味，还是早春的松香味？这是一个问题。不过他们不大关心报纸上说什么，日子一直这么快活过。

他们不像我，口袋一瘪，就气得要死。

皮鞋师傅这条海带总是一副还没泡够水的样子，他老实巴交了半辈子，做人宽厚，可偏偏打小脖子生疮长脓，他奶奶口含草药嚼烂了给他敷也没能治好，因而落下了一个病根一直去不掉：走路歪脖子。老奶奶秘而不宣的方子不管用了，所以到死还在骂空气中早已消失了的虚化了的某个"赶马人"。年轻男人和他的小个子棕马据说来自梅里雪山的某个村落，只留给她一生的回忆与这个方子，结果还是假的。

老实巴交的人总会给人们一些不切实际的期待，认为好心肠的皮鞋师傅会在形象上倾向于老电影里的人民群众，可是我的皮鞋师傅不按这个逻辑来生长，有点像港片里的黑老大的冷酷歪脖，要不然就像旧社会的暴民，总之，不像好人。他一直歪着脖，偶尔正过来，就别扭得慌。

老婆既然都娶上了，娃都生几个了，他说，形象早就不重要啦。不注重形象的皮鞋师傅委实勤快，没日没夜地缝我的鞋子，希望缝出一堆小山，好指着这些鞋子们有一天令他发家致富，好回山里的家乡盖他梦中的大房子——四个人合抱不过来的柱子支着梁、顶上铺着青

瓦的三房一照壁的大院子。有一回,他送鞋子来店里时,跟阿甘吹牛(当地人把"畅快的聊天"称为"吹牛"):

"阿甘,你多久才回一次家?"

"我可不想回家,家有什么好回的呢?!"

"那是因为你的家不美!"他信心满满地下着结论,开导这个新招来的彝族小姑娘,"我听说你父亲是开汽车的?咦,了不起的嘛!是东风大卡车,还是挖掘机?哇,那种大车得花上了不得的钱呢!你父亲肯定早发家了!但是为什么不把家里的房子好好起一起呢?只有起了大房子,起好房子,角角落落都贴上瓷砖,这样的话,生下来的姑娘娃走得再远,也会想着家,念着家,一心嫁回山里来,跟父母亲眼皮底下待一辈子不分开。"

他的话,阿甘最不爱听了,她噘着嘴巴说:

"再漂亮的房子,也是父母亲的房子,不是自己的房子,不能伴着我变老!我终归是要嫁人的,最后会和一所什么样的房子在一起老,站在什么样的房顶上看太阳上升又下落,现在,眼下,当前,又有谁知道呢?!"

阿甘说完,神情里有掩饰不了的失落。

我知道她还想着那个被父母棒打鸳鸯散的白族导游,可这有什么用呢?

花片

做皮靴设计，可不是一件轻松的活儿，空间小，可使用的绣片类型有限，想做出一双漂亮的靴面，需要我花费比设计一件衣服更久的时间，所以平时很不情愿做。皮鞋师傅可不愿意了，他希望我有更好的工作状态，让他能够凭借手艺养家糊口。

"张小姐，你不能老拖着不往皮样上贴花片啊，我要吃饭啊！"

清晨时分，正是睡觉的好时光，偏偏我总能接到他的电话，起头就是这句。

"你要吃饭就吃嘛!"我没答他前半句,只答后半句,"咋的了,你老婆不肯给你做饭啊?"

"张小姐,做活路要努力呀!"

"是啊,我很努力的呀。"我打着哈欠。

"你再这样拖拖拉拉不好好贴花片干活,我就没饭吃喽。"在无奈中挂断电话的皮鞋师傅,在长吁短叹中结束跟我的对话。

他是个敬业的人,偶尔从门前路过,都要进来看一看,问:"你们老板可在?"

如果我在,他是必定要对我进行一番教育:"年轻人做活路(干事业的意思)可不是像你这样不慢不紧、不慢不紧、不慢不紧,太阳晒到屁股上才肯爬起来工作,这样的话,钱就会让人家找光了,你的钱就找不来了。老天爷只给早起的人有活路做、有饭吃、有衣服穿,起晚了,就什么也没有喽。"

我总是满不在乎,笑嘻嘻的。

有一次,他又从店门口经过,左手提着一把大葱,右手拎着一只在菜市场刚买的母鸡,停下来跟我新招来的店员阿都阿甘(姓阿都,名阿甘)聊天,母鸡想早点回家，不耐烦地拍打着翅膀，就扇起一根鸡毛，鸡毛飞舞在空中，旋转几圈后，落到他前额的头发上。我在店里面清楚听见他们在闲聊，他瓮声瓮气问："你家老板可在？"

答："我家姐姐不在。"

说："你家老板太懒了。"

答："我家姐姐可勤快了。"

说："你家老板不肯做活路。"

答："我家姐姐可是从来没有拖欠过咱们工钱，也没拖欠过你工钱。"

皮鞋师傅很懂得逻辑思维，这个时候，他托着腮帮子想了想，沉吟一小会儿，又说："你家老板不拖欠我们工钱是事实，可是她爱拖皮鞋花样，这样会误我的工时，害我少赚很多钱，我不开心。我一不开心，就胃痛，一胃痛，就想快点去找钱——我明明五天能缝一双鞋子出来，结果让你家老板拖得七天缝一双，还得紧紧催促，她才慢腾腾地、慢腾腾地、很不情愿地往我剪好的皮样上贴花片。"

这下该阿甘姑娘抗议了："我家姐姐贴的不是花片，那不叫花片，那叫绣片，古——董——绣——片。"

老天爷只给绰号起的晚了(穿,起)就什么也没有啰做、有饭吃、有衣服

"那就是花片嘛,花花绿绿的不叫花片叫什么?"皮鞋师傅瓮声瓮气说。

皮鞋师傅是个有坚持的人,他坚持不肯把那些绣在布上的娇滴滴的图案、通常意义上昂贵的绣片称作绣片,而是想当然称为"花片"。花片大概是他心底里温暖的词儿,像童年的布老虎鞋一样简朴可爱。

花儿开了又落,转眼入冬。我们的皮鞋师傅好久没有来了,也没有见他从门前路过。

我问桂梅有没有见过他?她说没有,阿甘也说没有。

没有了反复催促的人,我们反而不习惯了。

今年的冬季特别冷了,电视上说,将迎来许多年不遇的寒冬,玉龙雪山顶上曾经化光了的雪又重现人间,雪层越来越厚,远远望去,雪山巍峨而立。寒风所至,行人用棉服紧紧地包裹身子,在太阳底下冻得直哆嗦。往年这会儿,我记得还穿着薄毛衣呢。高原的冬季风大,阳光也烈,有阳光的地方,温度不会低。今年好像坏了规矩,说冷就冷了,太阳烤在身上也暖和不了。我想这样也好,至少我设计的毛毛的皮靴好卖了,皮鞋师傅有活儿干了,他一定很高兴。当漫长的夏季过去,他度过了无事可干的淡季，按理说，才立秋，他的好日子就来了。可是，他没有出现，好像消失了一样。

我给他打电话，呃，居然打通了，他接了，不然我还以为他死了。

我问他："师傅，你在干什么？"

"没干嘛。"他依旧瓮声瓮气回答。

"没、干、嘛？答得好轻松喔，"我幸灾乐祸，"师傅，你不做活路啦？不找钱啦？你不找，钱要叫早起的人儿找光喽，你怕不怕？客人订了好多双靴子要交货，我还等你开工呢。"

没想到积极的人也有不积极的时候，他淡淡地回了一个字："喔。"

这叫什么话，我跳起来，伸着脖子对电话里的他说："开工啦。你是不是聋了？"

他当然没聋，经他接下来的一番解释，我这才明白了，原来他这几个月之所以没来我的店铺找我们要活干，原因是他不在丽江，回山上老家了，住在过去的老房子里，每天守着几亩薄田、两头牛、一群羊和一个老父亲过日子，日出而作，日落而息。估计跟电影里演的那样。一向勤劳的人开始淡泊名利，让人好不习惯。我问他怎

那就是花片嘛

花花绿绿的

不叫花片叫什么

么啦,是不是我的懒散让他看不到希望,不跟我干了,换老板跟了,"没准这会儿你正躲藏在古城哪家的阁楼上就着青稞酒大块吃肉,然后现在跟我胡扯一通退隐归田,学文艺小青年玩诗意地栖居,好过分。"我气哼哼地说,"我跟你讲,你压根儿就不是那个造型。"我嘲讽他。

我忘了他本来就是种地的,这下复位了。

他连忙解释:"张小姐,您误会了,是我的老父亲病了。"

"他什么病?"

"他瞎了。"

"真的?"

"两眼都瞎了。"

我表示了我的悲伤与遗憾,同时希望他尽快返回工作岗位,赚钱治病要紧。他瞎又不是你瞎,他瞎又不影响你找钱,他瞎他的,你缝你的皮鞋赚钱给他治病,尽义务,这不很完美吗?皮鞋师傅否定了我的观点,这时候他用像美国主流电影中的主角一样的口吻,表达了"陪家人度过最后的时间比赚钱更重要"的观点,让我无言以对。

我在电话这端沉默良久，语气变得小心翼翼起来，我由衷地表示了对他父亲的同情与希望早日康复的祝愿，很确定地对他说："老人家会好起来的。"他痛快地说好不了啦。我安慰他不要这么悲观，要相信现代医学。他回答说正是"现代医学"告诉他没得治了——因为他的父亲已经99岁了。

不过他持跟我差不多的乐观心态——相信本民族的神灵会在必要的时候起作用。

因此，他说他打算去求助当地的大东巴出来作法，试试能否令父亲重现光明，哪怕一点点光。

时代变了,精湛技艺的拥有者慢慢消失了,留下一批批光彩夺目逝去 手工业的时代巧夺天工的秀发片流落民间辗转

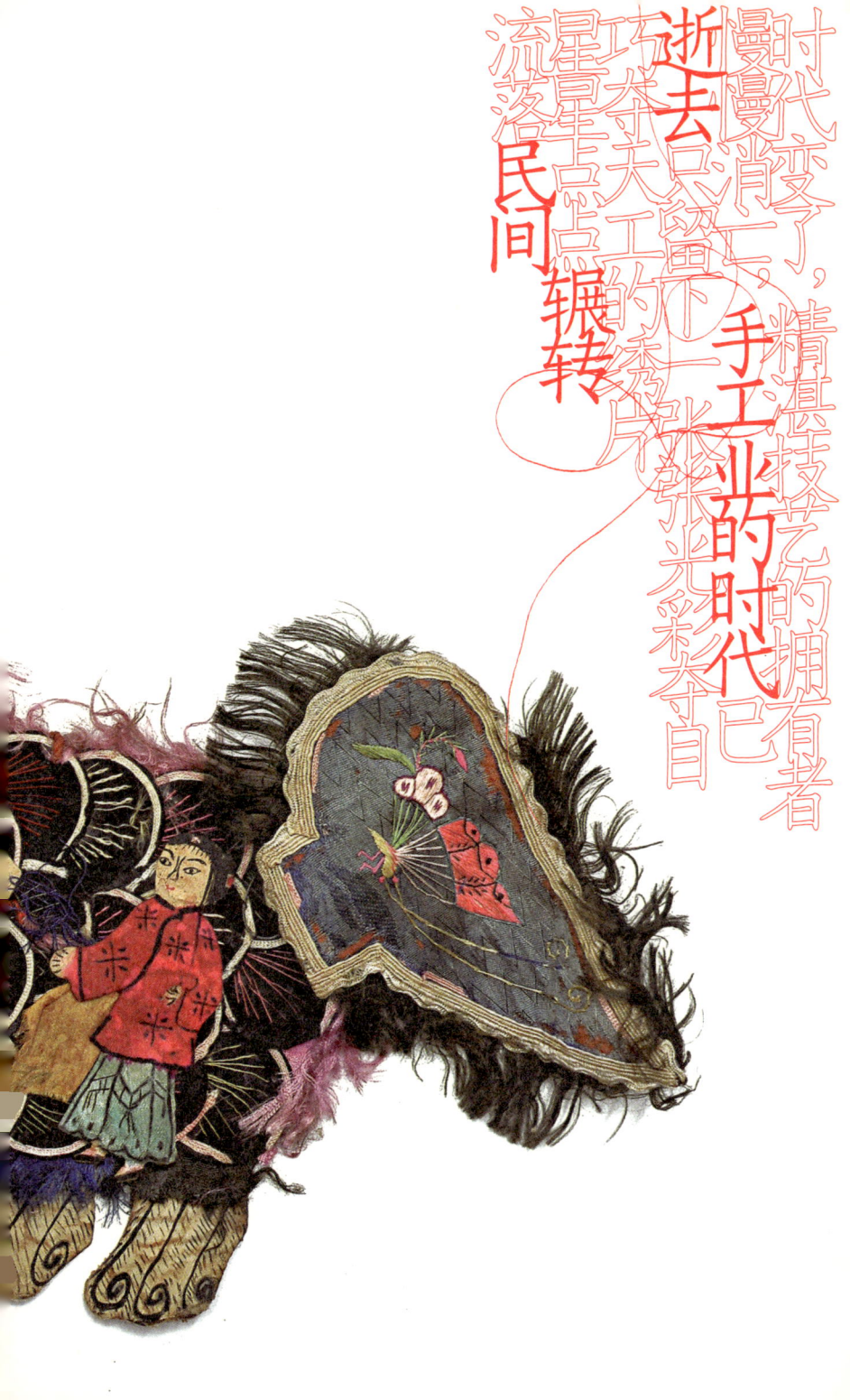

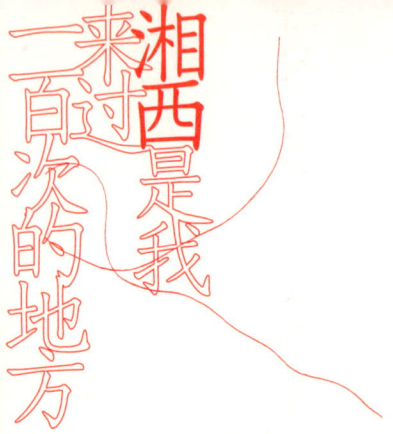

湘西是我来过一百次的地方

寻绣记

有一夜，我赴湘西深山找老绣片，睡在一个荒芜小镇一家小旅馆的硬板床上，夜来时，听秋虫鸣，时光缓慢不已。又看窗外明月高悬，一群不知名的大鸟嘎嘎嘎嘎欢叫着飞过去了，翅膀轻轻掠过月亮，像游弋在梦境里的鱼群，场景美得令人只想痛哭。我披衣起身，倚在窗前静静看了许久，秋夜凉如水，不一会儿我的眼睫毛也因寒露而凝霜，轻轻一抹，便有水气。复又钻回单薄的被里，回想刚才鸟群飞过月亮的样子，犹觉优美得难以言表，品其味，复又睡去。在这又一个睡在异乡的夜里，头晕晕的，却像睡在儿时的梦里一样安稳而奇妙，渐渐沉入梦境。这一次，我在出发前就已患了严重的感冒，火车开出北京西站，高烧忽起，后来这一路上，高烧一直未能退去，持续的头痛头晕伴随了整个湘西之旅。我没有时间输液，只有吃药。不过，好像一直不管用。为了让药"管用"，我就大把地吃下。过量服用感冒药的结果是很奇妙的，眼珠子有点发硬，整个人晕晕的，纵然是夜里，也仿佛置身雾气腾腾的白昼的山岭。

湘西是我来过一百次的地方。

我经常背着沉重的行囊，敲深山里苗人家的大门，问："请问您有祖先绣好的片片卖吗？"

"什么？什么片片？尿片，还是药片？"

苗家人们几乎家家看上电视了，他们的目光从电视机转移过来，嘻嘻哈哈看着我。我连比带画，总算把意思讲明白了。更多的时候，我直接掏出备好的样品向他们展示："喏，就是这样的，越老越好。"只是，很多时候除了引来村民纷纷围观我奇怪的装束，其他收获寥寥。我离开了老远，他们还在身后大声说笑着：

"那个姑娘要找片片！"

"什么片？"

"绣花的片片！你当是尿片？！"

"哈哈，我们家只有屎片、尿片、麻袋片，就是没绣花片。"

是啊，随着时间的推移，慢慢地，现代化的车轮辗过，公路进村了，电视入户了，全球一体化了。老人们逐渐逝去，那个手工的时代永远地过去了！现代的绝大多数苗人，别说老绣，新的绣他们也很少见过。

我熟悉它的山峦，曾经无数次坐车或步行跨越过，从车窗里望过满目的苍翠或皑皑白雪，脚踩过那些斑斓的山石，熟悉它每一条河流边上的村寨，我亲自去探访过，曾经一家家敲开他们的家门，问询有没有祖传下来的古董刺绣，有惊喜，也有失落。

十几年来，为了找到精美的民间老绣片，我不惜翻山越岭，深入苗寨腹地，留下许多美好回忆。当然，更多的时候，我坐一辆破烂的巴士，一无所获地驶离那片热土。不过，深入另外一种生命状态的感觉很奇妙，例如，有时候我会发现当地不少公路两侧的房屋外墙上，写满一些字体巨大的广告词或标语，内容很丰富，那些奇妙的句子记录了当地的生活状态，很有意思。例如：

买××电脑，做幸福新娘。

××牌捡鸡粪机，用了都觉得好。

去得多了，便认识了不少当地苗女，一年见了，次年又见，有可能是在路边买她们出售的婴儿帽子，有可能曾经买过她们家的米酒喝。年复一年，她们已不复当年的水灵与清秀，苍老了，白头了，依旧坐在苗族小镇的路边，有的抽着水烟，有的热闹说笑。眼尖的一眼认出了我，停了打闹，老远就叫起来："哎，瞧以前那个小姑娘，以前来过我们寨子收绣片的长头发小姑娘，真的是她呢！哎呀你的头发哪里去了？你上回那个红色大袋子呢？上面画着一只大狗。"

"那不是狗，是米老鼠。"我替我那夭折了的时髦袋子解释。

"我记得明明就是狗啊。"

"你记得哪儿像狗？"

"我记得哪儿都像。"她们哄笑起来。

一来二去，便与一些当地人结下了深厚的友谊，她们一直记得我，无论隔多久没有来，下一次再见，脸上必是喜悦与慈爱的神情，争相拉我去家里坐、喝大叶子茶、吃酸汤饭。谁说我真的是一无所获呢，在时间荒芜而孤寂的边缘，依旧充满了生命的喜悦与奇妙的收获。

一年又一年，我无数次踏上寻找古董老绣的路。

记得有一年初秋，我曾去一个深山老寨寻访一位老人，往事历历在目。

人们说他的祖上是当地大户人家，曾祖父做过买卖，出过洋，见过大世面，曾经妻妾成群，娶过当地最美的女人，找来百十里最出色的银匠打出数不清的精美的首饰，让她们戴上。雇来百十里最好的绣娘穷尽技艺绣最华美的衣裳，让她们穿最华美的衣裳，极尽铺张。此户人家的家世，在一百多年间，几经无数人口口相传，到了"文革"时期，令他的后代吃尽了苦头……我当时此行的目的，就是想知道，当年红卫兵没砸完烧完的旧衣服还有吗？

为了拜访老人，我先坐火车到达了湘西凤凰，从地图上看，从湘西到松桃虽说跨越两个省，却非常近。看得我高兴，我不愿意转道怀化绕大圈子，想用最快的速度穿越两省，我背上包，决定尝试新路线。在离贵州只有五十公里的湘西一个小镇的集市上，我向苗人问路，走哪条路能进入贵州松桃？那人上上下下看着我，像打量一只飞鸟，片刻，指着路边一辆破烂无比的中巴，让我坐上去,"就快到了。"

我听信了这话,坐上去了。

车上挤得像沙丁鱼罐头。与我紧邻而坐的一位苗族老人在很认真地啃一节甘蔗。他的座位下,还塞着五只活蹦乱跳的一直吱哇乱叫的母鸡,那是他刚刚探望嫁进苗寨子里的女儿,苗族亲家母给他捎上的礼物。刚才,汽车正欲开动时,车窗外出现一位年迈的老妇人,头上裹着一坨巨大的蓝布缠绕而成的笨重帽饰,上面还插着两朵小黄花,手里拎着一大串吱哇乱叫的母鸡,鸡们的脚统统用红绳捆在了一起。她拎着一串鸡追着刚发动缓行的汽车小跑,用手拍打着车窗,嘴里哇啦啦说着苗语,大约是示意司机停车,不过我一句也听不懂。

车停下来,苗族老人拉开车窗,向她道别,大意是让亲家母莫再送了,早点回吧,小孙子还等着她做饭呢……她不听,一边笑,一边舞动着手臂,将那串吱哇乱叫的母鸡们举在半空中,变魔术般倏地塞进了车窗内老人的怀里,拥挤不堪的车里顿时一片骚乱。鸡们拼命挣扎着,不肯就范。老妇人又伸进两三节剁成擀面杖长短的甘蔗,盛情地请他拿上,用简短而不流畅的汉语同时又夹杂不少苗语词汇叮嘱老亲家,看来她想得很周到,意思是:这甘蔗新鲜好吃,汁多,甜哩,你吃了……解渴！并且，当鸡不听话乱跳乱唱时，你可以用它狠狠抽它们的头和身子，它们就乖啦！怪方便的，你可以一边吃，一边用它抽打它们……

我心里叫苦不已，因为我正好坐在老人的旁边。

鸡们想夺窗而出，踢飞的鸡毛在空中飞舞。

半小时后，车行至一座巍峨大山跟前的桥面，我抬头向天望去，山高高入云，却像苹果被切成直立的剖面，有数个"之"字形的纹路纵横其间。车越来越近了，我好奇地请教身边的一位老太太：那些挂在山壁上的"之"字是做什么用的？老太太听不懂我的汉话，她微笑着看了看我，转头叽叽咕咕跟旁边的同伴议论着什么。

我听不懂苗语，怎么听都像鸟在叫。

破中巴欢快地启动，发出了巨大的轰鸣，摇摇晃晃在盘旋的山间公路上跑着，向高山蓄势发起猛攻，我终于明白了那些挂在山崖壁面的"之"字形是干什么用的！那是为我准备的路。破中巴车将把那些"之"字儿全走上一遍这事才算完。车行其间，我多次把头从车窗里探出来向下看，地面上的荒凉大桥像一根粗糙的筷子横在河流之上，云雾在山崖间盘绕。我低头几乎看不到路基，而是直接看到路之外辽阔的空气。

老人怀里抱着那串鸡,还腾出一只手拿着甘蔗慢慢啃。

山路崎岖,整车的人跟着车一起左右摇晃。我一直不敢张开嘴说话或者呼吸,因为那些鸡毛随时会飞进我的喉咙里。实在撑不住了,便出主意说:"老人家,你老用手抱着它们也不是办法,它们会在你怀里拉屎的,而且也会影响到我。我建议您不如把它们全塞进你的座位下面,这样,你可以腾出手来吃甘蔗,当它们不老实时,你可以用脚跺它们,用没吃完的甘蔗捅它们……"

老人同意了。

他把鸡塞进座位下紧挨脚边放置,然后分给我一节甘蔗,我们一边啃,一边每隔几分钟拿甘蔗的尾端捅一下脚下的鸡,希望它们放老实点。

我换了几趟破烂的交通工具后,又换乘了一辆铁皮棚子状的电动三轮摩托车,终于靠近了这个三省交汇处的古老小镇,小镇离我要探访的那位老人的家乡不远,据说只有几十公里。我打算在此住上一晚,明早再出发找他。远远看去,镇子有些威严,不知何年何月筑成的青石城墙森森立着,石门槛上面挂着一只破旧的红布灯笼。墙之上,站满了蒿草,零星还开着几朵小黄花。寂寞的城，曾经繁华如梦的城，历史上号称裕国通商的"小南京"，被旅游开发公司遗忘的明代遗址，墙一侧还赫然用惨白的石灰粉刷写着一长串巨大的字：

举全镇之力打一场春耕攻坚战！

因为看漏了"春耕"两个字，因好一阵没关注时事，我差点以为台海危机提前爆发了。着实吓了我一跳，但是一点不碍我的好心情。我在车后座拍打着铁皮棚子说：

"师傅停车，我到了，就是这儿了。"

车依旧不停，往前"滋滋"滑行不止。我急了，用力拍打车身的铁皮示意他停车。铁皮嘭嘭响着，往下掉了好几块零碎玩意儿，估计再拍几下这车非得散架不可。可是这车没有丝毫停下的意思，依旧"滋滋"往前滑行着，眼看着冲向了镇外河滩边的芦苇地。我急了，几乎想跳车而下。师傅扭过头，冲我咧开了嘴笑了笑，我看着他苦恼的胖脸，笑得像哭似的，结结巴巴地说："你瞧这不不……正给你停……停车吗？明明明明明摆摆着……车车车车的刹车有有有有有点小毛……病，得得得得刹好一会儿儿儿儿儿……车才能给你刹刹住！你着着着啥啥啥急啊，我都不急急急……你急个啥啊啊啊啊！"

我管管管不了这么多多多了,我得跳跳跳车走人。于是我付完钱背着包果断跳车走了。老远还听见他他他他他蹲在沙坑里的破车跟前,一边修,一边冲我的背影大声发牢骚说:

"城里人名堂多多多……走走这么急干吗去?给这么一点钱,还敢嫌我刹得得得慢!寨子又……又又不会跑了,不不不是一直搁这河河河滩上都几几几几百年还在嘛,对不对?寨子又不会跑了,刹这么快还嫌嫌嫌我慢?!"

天黑时,我找到该镇河边一家旅店,它挂着一个脏兮兮的硬纸壳招牌,上面歪歪扭扭写着五个大字:红丽大宾馆。听说有人住宿,一个十来岁的小小少年从柜台里面一床脏兮兮的被子里钻出脑袋,麻利地跳出被子,身上裹着一块印花床单。他收了二十五块钱,飞快地从抽屉里摸出一摞纸一支笔,趴在椅子上给我开住宿单据。他认真一笔一画填写好了后递给我。我一看落款处的地名,顿时吃惊地叫起来:

"还在湖南?你有没有搞错啊,你们这儿不归贵州管辖吗?!"

他的父亲闻声从里屋走出来,向我解释:"这儿离贵

喜悦与奇妙的收获。

的力缘,依旧充满了生命的

的雄说我,真的是一无所获呢,在时间荒芜而孤寂

一四

州还有五十公里,就在山对面不远处,大部分小路不通车,只有步行,明早你可以去的,我们经常从腊儿山到贵州的镇上去赶集,我明天叫我儿子帮你引路,告诉你怎么走。"

我放心睡下,听了一夜虫鸣。

次日早晨,我蹲在路边吃了一碗可疑的羊肉粉之后,便准备出发。昨晚那个瘦弱少年、旅店老板的15岁儿子送我到路边,给我指路,他说:"顺着那条路一直走,一直走,走上一个小时后,你会看到村公路的岔路口,你往右拐半小时,爬过一座歪脖子山崖,路边就能搭上腊儿山镇开往松桃方向的班车。车会经过一座铁索吊桥,过了吊桥就进了贵州松桃的地面。然后你下车往右拐,会遇到一些村子,你可以找户人家向他们讨点吃食,有了力气,你才好赶路。接着你再往西走,就会看见一条河,那条河就是通向老寨的路,你跳下河,顺着河道往上走……"

"喂喂,我又不是去西天取经,有这么夸张吗?"

"我现在给你指的就是最近的路啊。山路不比平地,需要步行的路段有三十多公里,你走一天也正常,而且不好走,一不小心会滑下山崖的,但是你运气好,咱们这儿通向贵州的路自从国家出钱修过后,已经好几年没往悬崖里掉下过人了……你的脚力好不好?如果好的话,晌午的时候准能赶到老寨吃上热米饭。"

我眯起眼睛,试图在苍茫丛林里找出能表示路存在着的哪怕一条小小细线,依然未果。少年安慰我不要怕,"只要你大胆走上去,走近了,就会发现路!小小的路隔这么远当然看不清……"

好吧。

根据少年提供的路线,我到了乡镇公路岔路口,走过半小时山路,经过了歪脖子山崖,没等来班车,却很幸运地搭上一辆农用顺风车,不一会儿便抵达了铁索吊桥。中午时分,到了少年指路时所说的"公路尽头",极目所至,通向老寨子方向根本就没路,一条白色的弯弯河流伸向深山里。令我目瞪口呆的是这条河是唯一通向他家的路,河流两侧,是密实的庄稼与远远望去面目模糊的村落。如何才能找到他?附近的人们告诉我:老寨在河流的上游,顺着这条河一直朝上走,河流的尽头就是他的家……

还能这样?

没办法,我只得把包捆在背上,手提着裙子,像当地人一样跳下了河。

还好,河水很浅,大多数只淹及我的大腿高度。如果我愿意蹲下来,就可以随时像当地人一样向前游动,连走路的力气都省下了。事实上,河流里很热闹,有孩童在戏水,也有水牛在游泳。更奇怪的是,时不时开进几辆摩托车,沿着水位相对低的一侧扬长而去,溅起水花无数。此时,正中午时分,亦是一个艳阳天,秋老虎袭来的高温里,小孩子们懒得走路,像鱼儿一样在河道里游着。大多数行人像走在陆地上一样行色匆匆,光着脚,手里提着鞋子,涉水而行。偶尔还看见几辆底盘高的农用汽车开进来了——把河流当马路,大摇大摆开过去。车身有一半浸在河中。河流里有成群结队的灰鸭子和不知名的鸟儿,受惊了纷纷跳上车顶,喳喳乱叫一通。

我亲眼见到有一只水鸟还飞进了驾驶室,惊慌失措地啄了驾驶员的脸。

有一辆面包车的司机就很有经验,早有准备,一只手握方向盘,另一只手从容地从驾驶室里伸出一根长长的棍子在空中挥舞,驱赶计划跳进驾驶室的鹅,还用它捅跳上挡风玻璃的鸭子。一路车速不减,水花飞溢,车所至之处,鹅毛乱飞,好一番鸡飞狗跳。

我光着脚背着包在河里走了十几里,却没有踩中一片碎玻璃，我有些得意。

映着河面稀疏的阳光，水下的双脚让河水泡得雪白，看起来倒有点吓人。我当时想，早知道要涉水而行，戴朵红色软陶花在脚趾上就好看多了。话说这会儿，有一个涉水回家的老汉从我身边经过，他背上背着一只已经死去的狗，一边走一边吸水烟，狗头倒垂下来，一摇一晃的，拍打着他的小腿肚子，好几次还绞进了他的腿中间。我跟在他的后面走，盯着狗，看得入神。天已近午时，一个像样的村寨也没遇上，老人家到底住哪儿呢？顺着河流往上走便是？！所有人都这么说，按说肯定错不了。可是，假设我一直遇不上村寨，难不成我要像鱼虾一样游进长江才算结束？

谢天谢地，我不会游进长江才算结束，十五里的河流之上，终于蹲着一个寂寞的小村子。所有的房屋都像烟熏火烤过，摇摇晃晃，仿佛就欠一阵风吹过，便可化作一缕乌烟散去。岸边，蹲着一只长得像风骚的小狐狸的小猫儿，黄黄的毛色，尖尖的小巴，娇滴滴地喵喵叫，抬起头看着我，水汪汪的大眼睛滴溜溜地转，煞是可爱。它身后还跟着一只黑而酷的土狗，应该是猫儿的护花使者，看起来对我很不友好，冲我吐舌头、瞪眼睛，嘴里乱哼哼。

村庄古老而宁静，大部分是数百年前的木质老建筑，外观是炭火烤过般的黑,那种黑,像沾染了湿湿的雾气,透着时间的疤。上了岸,便有一条羊肠小道弯弯曲曲伸上山顶,这是进村的路。小道两侧,是一层一层绿与微黄次第展开的梯田,正午时分,风吹稻浪起伏如海洋。不一会儿,便入了黑房子组成的寨子,走近了,还发现有一户人家门口有半截庞大的废弃老石磨,少说也有四百多年了,另一半埋入土中已不可见。

我一边走,一边向村民打听老人的住所。

"真的是他吗?"

村民说:"对啊,村东头这一大片房屋全是他的祖业呢。"

老人坐在一座奇怪的石砌的房屋顶上,提着半瓶子酒,靠着半边石栏,已然睡着了。石壁已满是青苔,石屋之下,长满了碧绿的旱莲,绿得透明,斗大的青青叶片在微风中轻轻摇摆。旱莲背后是空寂的草丛,有一条石块垒成的小道通向后院,走近了一看,居然是几座气派的坟墓。墓已将平,墓碑奇异而精妙的造型却非别处可见,走近看,字迹早已模糊,依稀可见"……光绪……"等字样。

极目所处,群山寂静,有恍若隔世之感。

当日,我记得我站在他的石头地板上试穿他找出来的一件古老的衣服，暗紫的绸缎里，隐隐浮现朵朵花纹。奔放而娇艳的绣，衬在暗紫绸缎面上，显出浓重的娇媚色彩。美中不足的是上面细细的绿花边是后代补上去的，清代的花边早已残旧破败。老人说，他的妻曾经最喜欢这件衣服了，所以特意找了条花边补上。

还有许多精美的清代衣服、云肩、荷包。

最意外的收获是一幅精美的大红色门帘，上面绣了许多只大大小小的凤凰，每只都不一样。边沿有两寸宽黑褐色的刺绣大绲边，上面绣着许多蝴蝶。

响午，老人炖了一条鱼，放了许多山里采来的菌子，加入酸豆角一起炖，邀我共进午餐。

吃饭的时候，我的好奇心便起了，央求老人帮我打听两件事：第一，帮我找到当年湘西赶尸人的后代；第二，寻找到善巫蛊之术的人。前者他应允了，说将尽力而为。但是听到第二条时，便是脸色一变，头摇成拨浪鼓，一口回绝。末了还不解气，质问我："年轻人为什么不学好？要学这种吓人的害人的旁门左道？莫说我断断不会帮你找，即便是知道谁会这种本事，我也不能告诉你。即便是我领了你去，你跪求到人家门前要求学艺，人家哪会承认？除非她不想活了。天底下没有哪个苗人

你走后几时还会再来

寻绣记

敢认这个账的！会死人的账！"

他告诉我，四十多年前，他的母亲便是死于巫蛊之毒，那个下蛊的女巫住在高高的山顶寨子里，一直活着，到现在也没有死去，一点儿也不显老。青天大白日的，我哪里会信，想亲自拜访一下那个保养得当的冤屈的可怜农妇，以正视听。老人老糊涂了，死活不肯。他看样子是把恨藏在心里很多年，慢慢地有了依赖，仿佛若是一松懈，母亲就会真的从他心里烟消云散。

临别时，老人送我，立在寨前的河边，看着我跳下水越走越远，他还在朝我挥手说：

"女娃，你走后，几时还会再来？"

"明年，明年一定会再来看你。"

明年复明年，老人没有等来我。

因工作繁忙等缘故，我没能再去。电话几经变换，也失去了老人的联络方式。

在离开后的很多个夜里，我曾经很多次在梦里重新回到那条通向深山苗寨的人与鱼共行的河流，河水在月光下泛着白莹莹的光芒，沿着河流涉水而上，直到它的尽头，才能看到我的最好的老绣片。寨子里纵使是白日也是无比寂静，只有喳喳的鸟叫，人们面目模糊地没有声息地从我眼前经过，像一缕温暖的烟。

伟伟

那一日，在贵州一座小城，傍晚时分，我坐在疾驰的出租车里去拜访城西郊区一位垂暮的老太太，很老很老了，有准确消息说，她的箱子里存放着几条比她更老的金红色的裙子。

我百无聊赖，在出租车里看一本捡来的畅销婚恋类杂志，上面刊载了都市百态人生的感天动地的真情告白。每一个故事中的女人都遇到了一个情深意长的男人，无论她变得有多老多残，也一直爱她，几日不见君，便像毒瘾发作了般不能活的男主角看得我直抽搐。

"你这车不打表吗?"

"你给五十块钱吧,这路可不好走。再说要是打表,你掏五十五块钱也不够呢。"

"有王家庄这地名吗?我问过好几个人,有的人说有这地儿,又有人说没听说过这地儿。到底有还是没有?会不会是另外有一个地名呢?"

"嘿,瞧你说的,没这地儿我拉你去干吗啊?不过你说得没错,以前就一直叫王家庄,可是现在这名字晓得的人少了,民国早年那一阵闹兵乱,在街口一夜砍死了二百号人,有不少人居然是死在屋顶上,天亮时,死人的血还哗哗地往屋檐下滴淌……街的地势高,远远瞧去屋顶都染红了。所以,从那时候起,老人们叫它红顶子街。当然,这名儿晓得的人也少了,街的地势高,进街时要拐几条建在低处的街,冬天的时候,从下往上瞧去,只看见一大片屋顶上的雪。1949年后,我们又叫它银顶子街。冬天大雪时,整条街只有屋顶是白的,街地面的雪全让人踩化了……"

我听得入神,问她:王家庄还有老房子吗?

"全拆光啦!以前我四姑奶奶的家就在王家庄,破四旧时砸了一批老家具,那门楼多气派,全拆下来烧了。到了我家伟伟出生那年,日子过好了,四姑奶奶也死了,她那条街上的房子慢慢全部推倒了,重盖起了漂亮的小洋楼。"

司机是个女人,有些老了,脸像一只被虫咬过的蔫苹果,眯眯笑着。她不管我听不听,一边开车,一边不停嘴地碎碎地对我讲话,从我即将到访的王家庄说到"文革"破四旧,又说到她的儿子与女同学的故事。她问我:"大城市的年轻人是不是流行不结婚?"

我发愁了,说:"也许吧,这个我真不知道呢,我有时候在北京,有时候在云南。"

"在云南哪里?"

"丽江。"

"丽江?哈哈哈,我晓得那个地方,好浪漫哟,我看过电视上演的,好好看哟。"

"是吗?也许吧。"

"将来挣足了钱,我就跟我的伟伟去你们丽江玩。"

"伟伟是谁?"

"我儿子啊!"她吃吃地笑起来,突然放慢了车速,扭过头很认真地对我说:"我家伟伟好帅的啊,好多女孩子喜欢他,可是他不喜欢她们。我家伟伟眼光很高的。"

夜色浓郁了,车外的树慢慢密实了,影影绰绰的房子像一只只怪兽趴在河滩上,远处,灯火闪烁处,大概就是王家庄。慢慢地我困了，缩在车后座，迷迷糊糊地听她还在絮叨：

"我家伟伟之前处了个对象，我一直不同意。可是我家伟伟很爱她，她很少笑，最喜欢坐在河边看鱼游来游去。有时候她会突然不见了，十天半个月左右就出现了，脸晒得黑黑的……我家伟伟跟我说，他很想知道她去了哪里。有一次他跟了很久，换了两三趟公交车，转了一趟出租车，后来还是跟丢了，我家伟伟说，因为她在公路的尽头，骑上了路边一头牛，走进了山涧深谷……我家伟伟搬回家里跟我们一起住，辞职了，换了好几个工作，他都干不长久。他跟我说，那是因为他的心里一直想着她……想着她，跟不好好工作有什么关系呢？可是她很久没有出现了。

"其实她也不好看嘛，我跟我儿子说了好几回，我说：儿子，你不要再想着她啦，她太不靠谱了，她太懒了。我不喜欢不做活的女人，她老是这样不做活却干吃白饭，我的儿子要是娶了她将来肯定要吃苦头的。

"后来，我家伟伟开始抽烟了，他以前是不抽烟的。有时候躲在阳台上打电话，不知跟谁讲得那叫一个欢啊。但是我知道肯定不是她。她有一年多没有出现了，我家伟伟在我与他爸面前也越来越少提到她了。那天晚上，他直到半夜也没有回家，我跟他爸说：咱别给他留门了，他晚上要是回来会打电话让开门的。可是两点多的时候，他还是回来了，后面跟着一个瘦瘦的女的，剪着短发，咯吱笑着一溜烟钻进了他的房间……过了几天后，又换了一个，这回是个胖一些的姑娘，眯缝着眼，在房门口遇到我起夜，她穿着我儿的睡衣冲我直乐。

"……我跟他爸都装作看不见，可是他老这么混着也不是办法啊。我跟我家伟伟说：儿啊，你老大不小了，该娶个女人回家给我添孙子了。他嘿嘿笑着，像没听见。

"那天是中秋，我破例没有出车，伟伟也早早回来了，我们一家三口坐在桌前吃饭，他爸说了，伟伟，你老这样子可不成啊。伟伟没吭声，只是说，她死了，上个月的事了……"

她好像讲累了，停了嘴，见我许久没有回应，她扭过头来，冲我憨憨一笑。我注意到她说"爱"这个字眼时，声音很欢快，但是音吐得重重的，像一只枯黄苍老的干瘦的老手突然抚摸一匹滑软的闪烁着华丽光芒的丝绸锦帛。

车停在陌生的街口，我付过钱下车，女人从车窗里

伸出让虫咬过的蔫苹果脸,说:

"我的儿骗我,她没有死,今天早上出车没多久,我把车停在城东加油站,正等着排队加油,我亲眼看到她端着一只搪瓷脸盆,脸白白的,胖了些,垂着眼,从我车窗外经过,到马路对面一家小商店买东西……错不了,就是她!"

寂寞的她朝我笑了笑,开着车冲入了夜色。

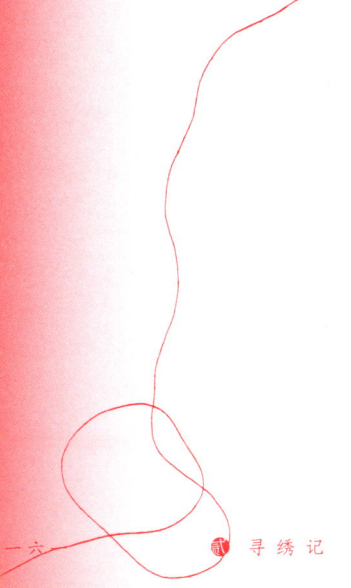

桃花深处

三月天,我去云南乡下找绣片,去过一个群山环绕、绿树掩映的村落。

村子宁静而美丽,梨花、桃花开满了每个角落,建筑极有特色,房屋均是由明黄的沙砾粉饰墙体,映着青顶与密密的白白梨花、红红桃花,美得令人落泪。人在村子里穿行,不断有花儿飘落在头发上、衣服上。空气里也飘浮着梨花、桃花的令人迷醉的清香。村里有许多古老的大宅院,有些废弃多年不曾再有人进入,发黑的雕花门窗隐约向我暗示着宅主人当年的奢华光阴。有些则依旧住着修筑者的子孙后代，问起其屋所建何年何月，竟无几人能答出。只道是：

那是很久很久以前的事了。

村子里的人们坚信，西方畅销书《消失的地平线》中所提及的"香格里拉"就是指这个村落，民国时曾挖出一块古老的石刻，上面的文字记录了远古的历史以及对此村落的古代称谓……又及，他们健在的老人中不止一人可以证实在民国初年，当地曾坠毁过一架飞机，里面爬出一个蓝眼睛洋鬼子，是在村民的精心照料下才活着离开的……

真实的历史已不可考。

村头不远处的田野上桃花树下，立着一座荒凉的坟茔，坟前的梨树、桃树的花儿开得极其细密繁茂，朵朵开得缤纷有力，红红白白连成一片。风轻拂来，落英缤纷，沾满了我的衣裙。令我流连其间不肯离去，迷醉不已。

"不要站在这儿拍照，我妈妈说了，这个地方太邪了，我们村子的人从来不敢在这儿久停留。春天来了，花儿开得再艳也没哪家小孩子敢来攀折；秋天来了，果子结得再大，也没哪个敢吃下。"

坟茔里的女孩子死了快二十年了。

村里最好看的一个女孩子自杀了,原因不详。一说是被负心人所弃,一说是被鬼魂所迷惑。总之死得不吉,其家人草草葬了她后,便不肯扫墓填土。一年年过去,坟上青草萋萋,人迹疏至,花树每到三月天便发疯似的竞相盛开,朵朵娇艳。如同芳魂犹在,终归是寂寞一场。

寻绣记

我听做的
是如何找到它们

叁 裁缝看世界

时间缓慢的城

那个时候，年代并不久远，我开着一间小铺子，住在古城一座建于道光年间的摇摇欲坠的房子里，自己缝制稀奇古怪的衣裳出售，聊以度日，对于如何做一名合格的手工业者，我颇有心得。小城不大，终年被高原阳光笼罩，像一座中世纪的金色之城，远处有雪山屹立，天空永远湛蓝。我的小铺子起初开在一条窄窄的小巷里，缝制衣裳的工作室设在街对面木楼的二楼，白天，我雇佣两名裁缝师傅干活，他们按我设计图纸上的画稿及我的解说来剪裁衣裳，夜里，我就睡在工作室的地板上。推开布堆与针头线脑，打开铺盖被褥，这儿就变成了床。

住处兼服装设计工作室的楼破败不堪，楼梯设在院落里，它摇晃着，朝着阳光的那一面，还长满青草。下雨的时候，还会长出成片肥白的蘑菇。每到黄昏，房东就坐在对面屋子的阳台上，弹着一把大而厚重的古式琵琶。琴声幽怨沉重，穿过屋檐在小街中回荡着。他有一次指着琵琶骄傲地对我说：当年忽必烈大军入滇时，带来的就是这种琴，所以后来古城才有了这样厚沉的大琵琶。

他家的小猫儿睡在屋顶，一天到晚很少动弹。

起初的时候，我还没有捡到我的第一只猫儿，没有猫儿在我的地铺床上走来走去，只有几只蟑螂和不知名的小虫儿偶尔路过。我多次看见它们疾行在夜色笼罩下的幽暗房间的某些角落，攀上布堆、爬上缝纫机，然后站在缝纫机的机头上表演高台跳水，落在我的枕头上。最后在我的追打中，它们只得翻山越岭，穿越起伏如山峦般的被褥，街心灯火阑珊，华灯的光影透过破烂的窗棂充盈了屋子里靠窗那一部分空间，也照耀在它们的小身体上。我跳起来用脚跺、用书拍、拿缝纫尺子抽，十次有九次让它们溜掉了，有时候扔下几具尸体算是回礼。

我不敢清理虫类的尸首，拥被在夜里睡去。多数在天明的时候，尸首自己就不见了。我一直相信，可怜的倒霉蛋不是化蝶飞走了，而是趁我睡着时被它们的亲戚冒险回到事故现场抬走了，埋葬，还是合伙吃掉了，就不得而知。

那时候，我认为睡在地板上可以想清许多事情。还可以治失眠症，离大地更近些，有什么不好呢？同时是年轻的标志，这是当你老了你就不会去干的事情。哦，说起睡地板，我还有许多心得可以分享，例如松木地板最好睡，上了年头有虫眼的松木老板子散发着干燥的松香，仿佛还带着从林中刚伐回来的气味，经年累月的踩踏，并不能让它年轻时的味道散去，你躺下去，拿脸贴着它，就能感受到伐木当日的林中清冽况味和后来经年累月重叠出的暧昧气息，心再静点，能在暗夜里听到地板对你说：

能躺这儿，说明你穷。

工作室的街对面有一家户外俱乐部，是一个由四个年轻人组成的户外徒步旅行组织，职业是野导游，头儿给自己取了一个名字叫"老虎",每次他们带团归来,总会带回新鲜的见闻。他们爱说爱笑,爱打爱闹,吸大麻,听摇滚,也爱隔着扶栏骂河对岸的人……黄昏时分,他们常常聚集在店门口街边的石阶上,随着音乐的鼓点打着拍子,脑袋一起上下左右地摆动……

回想起来,那尽是些愉快的日子。

那个时候,他们都很快活,带团去爬雪山、过草地,湖边策马,去指云寺看花,没有房贷,脸上还没有布满细小的沟壑,眼神清澈得像玉湖村的湖水,生活由一场又一场的旅行(被迫的)、艳遇、喝酒、唱歌、吹牛、放鹰组成。从白天到黄昏,没有客人的时候,他们聚集在狭小的户外俱乐部不足十五平方米的小屋子里喝酒唱歌,呼朋唤友,就几个面包、一碟花生米就能一直唱到日落西山。我看见他们经常凑钱抬来一箱当地出产的廉价白酒,一口气打开所有的瓶盖,咕嘟咕嘟倒进一只大铁桶,每人发一只白瓷碗,各自用碗伸进铁桶舀着喝,没人劝酒的,因为大家都想把自己出的酒钱喝回来。

经常有客人进来询价:"虎跳峡徒步怎么去,多少钱?"

大多数情况下，老虎和他的团队会开心地接待，顺顺当当完成生意。不过有时候老虎也会抬起红红的眼睛，打着酒嗝，朝人家扬一扬手中的碗，说："来嘛，干一杯嘛。"

"您这是杯吗？"风尘仆仆的旅人问。

"啊呐呐，咋个就不是杯呢？"

"我怎么看它是一个碗啊？"

"啊呐呐，你们大城市来的人就是这个样子啦，碗杯不分，难道不是你心里有碗，看到的就是碗，你心中有杯，看到的自然就是杯吗？它是碗还是杯，其实全由你来决定呀。"

最后旅人醉得忘了回客栈的路，老虎也忘了做他的生意。

我找来各式各样的面料、辅料，收集最精美的古董老绣片，在木楼上没日没夜缝制稀奇古怪的衣裳，每件都不一样，它们是一个又一个的梦。可是怎么卖掉呢？没有临街的店铺是不行的。我注意到老虎交游甚广，他的户外俱乐部总是坐满了当地小青年，大家终日谈天说地，聊艺术与女人，看起来没正经做过几天生意。观察良久，我决定跟他们的头儿好好谈谈，希望他看在房租高、生意清淡的份上，明智地选择分租一半空间给我，我用来陈列我的裁缝作品。

那天，我经过他的户外俱乐部，几经迟疑，在门口晃荡一会儿后，还是进去了，首先表示了对他们生活方式的羡慕，然后说："你们看起来天天聊天不想做生意啊，不如这样，你租一半的面积给我开服装店，这样的话等于有人帮你承担房租压力，还不耽误你们过魏晋的日子。"

对我这个提议，老虎很不高兴（当然他高兴才怪），他摊着双手，认真对我作了一番解释，大致意思是生意嘛就是聊出来的，你看我们像聊天，其实我们是在学习做生意，你觉得没人请我们当导游进山玩吗？错，我们很忙，有客人的时候忙得好厉害啊，没有客人的时候，我们就练习聊天，为的是更好地为客人服务，难道客人来了我们就不用跟他们聊天的吗?你想让我的客人们闷死吗?

"我想租您一半铺子开服装店,设计制作世界上最奇特的衣裳。"

"关我屁事。我喜欢循规蹈矩。"他差点叫起来。

"你没有生意嘛。"

"你哪只眼睛看见我们没生意啦?哎哟喂,你是不是瞎啦?"他问我。

"租一半给我吧,求求你了。"我说。

"我们的生意好到忙不过来啊。"

"那我走了。"我起身告辞。

"年租一万五,少一个子儿都不行。"

"成交!"我说。

就这样,我算是有了古城最早的店铺,正好在我工作室的街对面。

我如愿租下了老虎的一半空间当店铺,算是正式开始了我的裁缝生涯。

店铺紧邻古城的酒吧一条街,日日夜夜喧闹着。每到入夜时分,华灯初上,两岸所有酒吧的红灯笼全点亮了,一串串的,若梦境一般,从高高的屋檐上垂吊下来，映着河水，随风摇摆。两岸的衣香鬓影裹挟着笑声和歌声在河面飘荡着……三三两两的人漫步街头，眼波流转，希望遇到心仪的他或她，在酒吧里，所有的男人或女人全都张开了身上每一个毛孔，大口呼吸丽江的气味。窗外的河边，不知又是谁在对着手机另一端痛哭，哭声淹没在歌声和欢笑声里……那时，陪着我的还有一位温顺安静的店小妹，名叫桂梅，她每天不爱和客人说话，但是爱在纸上乱画，爱抄写一些流行的情啊爱啊的歌词，还爱在邻居店里看韩剧，看到动情处，就会落泪。也常会一个人微笑，沉浸在自己的世界中。

新华街最早叫什么名字，已经没有人知道了，它是一条很老的街，有多老呢，书上说不清，原住民也说不清，"少说从八百年前开市以来，这条街就有啦，最老最老的街呀。"人们说。它细细长长，弯弯扭扭，忽高忽低，像一个曲线毕露的坏脾气的美人，五花石铺设的路面起起伏伏，人走在上面，一不小心就容易滑倒，鞋子能飞出两米远。

说起来，那是十几年前的事儿了。

我在对面二楼缝制我的梦，然后在店铺里出售它。

当时，楼下的店老板娘的旧唱机日日夜夜播放着台湾20世纪70年代的老歌《绿岛小夜曲》，泼辣的青春不再的老板娘跟着唱起来，歌声中有些惆怅。

我仿佛听到时光流逝的声音。

天上

天放晴，又到了我们洗绣片的时候。

把它们一捆捆扛出库房，拖到院落里，解开绳子，首先作细致的分解，割离与老绣相连接的老布等边角料，一般以背衬为主。做清洗前的割除背衬及边角料的整理往往会有惊喜，最常见是铜钱，拆出的各年代铜钱至今累积有数千枚，喜煞了工作室里爱钱如命的缝纫师傅范老师，他酷爱收藏钱币。其次常见的是琉璃珠、各种形状、不同年代的珠子，被人用丝线编织成多种形式，精心缀在老织物的不同部位。有的很大颗，像人眼珠子那么大，黑灰色的一颗，缀在长帽子的尾端。有的很小很小，小得肉眼几乎看不清形状，却用极其纤细的丝线穿过中间几乎难以想象的却在理论上应该存在的孔洞。偶尔，还能拆出有趣的小纸片，上面画着奇怪的符号与数字，表达了主人当年隐匿的愿望。

这还不是最好玩的。

有一年，我还从一张蓝色三角松桃绣的尖角角里，拆割出了一封错字连篇的情书。

精细柔软的米白色绵薄的纸被精心折叠成圆圆一小块，用布缝合包裹得严严实实，伪装成一枚加厚的铜板，隔着绣片与内衬摸上去，很难识破。打开后细心展开，上面用小楷细密写着不少话。时间久了，内容不大记得，有一句倒是一直不忘，信的结尾处说：我的心跟你是一样。你的心却不是这样。那日我问一声你的心去了哪里，你说去了天上。

赵四的债主

前几天清洗绣片时,在一只陈旧发黑的小钱包中,发现这样皱巴巴的一张欠条:

"欠银钱八角,赵四"

纸质黄脆,字迹却无比清晰,用毛笔小楷写着,蝇头大。

轻轻漂洗后的这只钱包,在阳光下慢慢透出它的鲜亮:水绿底的荷包上精细地绣着一个在花丛中骑着马儿的男子,他还戴着螺旋桨款式的帽子,眉眼乱飞,一副轻狂孟浪劲儿。旁边还绣有一个小娘子,穿着绿衫红裙子,手中拿着小扇子,满不在乎的样子。

此赵四非彼赵四,这个欠人钱的家伙,肯定不是历史上某位名人的二奶。连八角钱也欠,简直比我还穷。不过他的债主用的钱包却风雅得很,绢质刺绣,啧啧,不是小户人家的架势。小荷包层层叠叠,有好几重机关。我掏了半天,指望柳暗花明找出点别的值钱物什:银票啊铜板啊什么的。没钱,情书也成啊——让我在穷困中找点乐子。结果除了一张欠条,啥也没有。

我看这债主估计也就一小商人,穷吧,却穷讲究。

说来说去,怎么这样像我呢。望望窗外,指望看着一弯明月,难免将要发点感慨,例如:明月复明月,古今一般同。

只可惜,窗外雨绵绵,连颗星星也欠奉。

问题

世界上的事情就是这样:曾经有过那么几年,理想令人的心奇妙地膨胀,你想表达时,预期的精准语言却如冬雪下的小麦一样沉睡,让你活得光秃秃的。后来光阴夺走了你青春一个又一个的站台,将曾令你徘徊的困惑与挣扎丢在千里之外,你终于可以变得像黄瓜一样冷静。而你却晚节不保,不合时宜地变成了一个废话篓子。你大可以组个团去向上帝或释迦牟尼发问:这问题到底出在哪儿?

问题到底出在哪儿?

是啊,问题到底出在哪儿了。

作为一个裁缝,把衣服做成什么样子,才能让我感到生活的意义,不至于在漫长的光阴里疲惫睡去,孑然萎谢在黄昏的藤椅里。回忆将是一个又一个沉默的日子串起的黑白键手风琴,按任何一个键都只能奏出平实耿直的调子,声声似呜咽。我可不想这样。我宁可老成河滩上坚硬的石头,日夜暴晒,对于怅惘青春过往,一言不发。

除了做衣服,还是做衣服。

睡梦中我都在找一颗纽扣,想缝在最合适的地方。我可以劝慰自己,这是通向富有创造力的生活的必经之径,否则要如何才能心安理得面对边陲小镇周而复始的云卷云舒与花开花落,美则美矣,却没有尽头,没有重量,更没有莫测的未来。用更多不同的布料碎片表现时间赋予的破旧感,流沙、大漠、迷津中的小鸟、苍老的浮云、雨中繁茂的白花、杨柳枝、月下之舟、胭脂、群山、青绿的光影、怅惘而无望的爱、露台、残阳……

时间本身没有意义,因而我们要用漫长一生赋予它一个意义,并为之热切地努力,这是我,一个曾经在边陲小镇度过青春中最好年华的裁缝的内心猜度,并付诸行动的生活。

河流

如何才能成为一个动人心魄的女人,这曾是我最关心的问题。

小时候我寻思,女人来到这世上,若是不美,该会有多么糟糕的体验。每天我照镜子,希望今天的镜中人变得比昨天美一点,再美一点,再再美一点,再再再美一点,再再再再美一点……喏,事实上没有那么多"再"字等候补上,我的门牙与稀黄的头发从我第一次照镜子直至现在,三十年过去了,它们依旧没有任何改善的迹象,"再"字只是我对生活无力的想象。

我宁可老成河滩上
坚硬的石头，日夜暴晒
付于漫长的青春对
一言不发

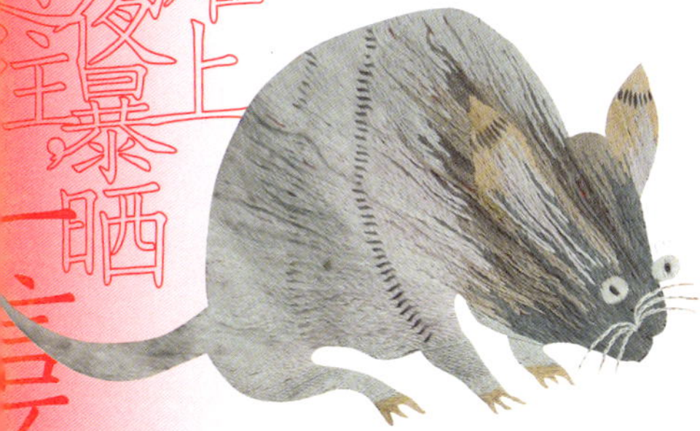

可是身上每一个细胞毕竟是年轻的,苍老是多么遥远的事情,断断不会是我,彼时脸蛋红红白白,强光下透出蛋清的颜色,你要是说它会生出皱褶,我是完全不能想象。时间过得有多快?哦,快到我数不过来,它嗖的一下跑远了。

有一天,它来临了,悄悄在脸上浮现,也不打个招呼。

就这个问题,我跟我的几个妹妹们曾有过深入的研究探讨,她们贡献了稀薄的人生体验:美貌是相对而言,因爱而改变。从中学课堂后排男生递纸条、大学男生图书馆帮占位子延伸至非诚勿扰电视相亲节目,意图用她们并不存在的能力来告诉我,美人其实容易练成,女神的帽子从未断货,前提是你不曾爱他,你便永远是他回忆里最惊心动魄的人儿,你就是最美的。总之,说了等于没说。

这样的逻辑其实我有更多,例如:若你不曾踏入某一条河流,你就不会踩中河里的鱼。

事实上,你是踩不中的。

哪怕你天天在河流中跑步。

遗忘

做一名专门设计缝制稀奇古怪的衣裳的裁缝不容易，我要记住每一种面料的名称、特点以及分别存放在架子的哪一层，记住每一种古董绣片类别的形态、图案、质地以及存放在仓库的位置。这仅仅是系统而琐碎的工作的开始，当它们堆砌于我的脑海占据有限的容量，我在生活中的记忆力越来越差了，慢慢地像水洗过的天空，光滑无痕，留不住任何云彩。这个情况若不加以改善，假以时日，我怀疑有一天我会迎面遇上一个满头白发的疲惫的老头，他将会用苍老的声音问我：

"书林，你吃过饭了吗？"

"我不知道，我忘了。"

"咋又忘了呢？"

"我真的忘了。不过，你是谁？怎么知道我大名？！"

"因为我是你老爸，你是我的大女儿。"

今天上午十一点，我精神恍惚地走出工作室，头发上还粘着长长的线头，又一次问店小妹：

"请问，今天我刷过牙了吗？"

"你刷过了!"

"你确定?!"

她坚定地说:"我确定以及肯定!"

我信不过她的说法,用手摸了摸牙刷,直到指尖感受到了牙刷湿润的冰凉,这才放心地走开,没有刷第二遍。

我给一个朋友讲笑话,讲完后,我笑得合不拢嘴,他却一点反应也没有。

这太不像话了。

我于是语气不悦地表示不满:"兄弟,你也太不够朋友了啊,怎么说我也是费了半天气力讲了一个笑话,你觉得不好笑,也要哼哼两声意思意思让我下台阶也好啊。"

他叹息了口气,回答说,不是他不想捧我的场干笑几下,的确是无法笑得出来,因为这个笑话,我已经在一个月内,跟他讲过三回了!"我已经对你讲过三回了?哎呀,啊啊,真的不好意思,我完全不记得了。"我想找个地洞钻进去。

最后,他很为难地对我说:

"而且,最初,这个笑话,是我先讲给你听的。"

天堂没朋友

我梦见我自杀了,死于无法摆脱庸碌生活所致的沉重的沮丧。

青春像树梢上停留的鸟儿,让平庸而无力的生活一枪打了,它们没有死去,却纷纷惊飞,离我而去。我在梦中说:最近几年皱纹愈多,智慧却不见长,气质便好不起来了,既然如此不诗意,就不要苟活了,粮食很贵呐。

垂死的时候,我尚记得对列队前来道别的痛哭流涕的一众亲友们咧开了嘴,我分明是想笑一个给他们看,就是为了证明:别以为自杀,就一定是死于欠人钱让人逼债、为感情想不开,等等,你们眼前就摆着一个高级的自杀的理由,是你们用三两重的脑容量永远想不明白的。

梦中最后的最后,我究竟是上了天堂还是下了地狱,记不清了。

我想,地狱虽是有点挤,但终归像丽江的火塘一样热热闹闹、浑浑噩噩、快快乐乐。天堂倒是风雅自在,可是,我在那儿没朋友。

空虚

我在丽江的一个朋友西西说,她在夜里空虚时,就拼命吃东西,吃得胃快涨破时,才发现,心里依旧是空虚的。夜,漫无边际,将她慢慢吞噬。她昨天好奇地问我:"你空虚时是如何度过的呢?"

我说,我一般是进入一个冥想的状态。

"冥想什么?想吃的吗?"

不是,我说,我会进入我的记忆深处,把前尘旧事老友故交全部重新归类整理重新划分成分,比如分为珍贵的、不值得的、有趣的,等等。我会把值得珍惜的往事或故人暗自比作上帝给予我的成长的礼物,一个人在暗夜里回味着窃笑。

显然,她对我的回答并不满意。她说,上帝其实是个狡猾的老头,他会在高兴的时候派发各种礼物给我们,可是他也会在我们还没来得及玩腻的时候就收回了它,令我们撕心裂肺地难受和痛苦,然后让我们在回忆中不断地向上帝致敬,满含泪水中等待下一次他老人家的礼物凌空降临。

我说不过她,只得强调:至少,回忆美好的,往日令我不空虚了。

"可是,如果你依旧感到空虚呢?"

是啊,如果我依旧感到空虚呢?

我说,我会去设想未来,想象自己是个很有钱的人了,要如何如何……现在没有钱,那就想着要如何去赚到更多的钱。这样一想,我就不空虚了,我全身充满了力量,只盼着天快点拂晓好快快起床奔钱而去了。

她哈哈大笑。

她笑什么呢?也许她终于发现我是一个比她还没出息的人:当一个人没有了理想的时候,往往会把赚钱当成他们的理想。

看球

世界杯到了，人们欢呼着，终于来了乐子，不然这日子没法过了。

这是我阴险的猜测。作为一个完全不懂球的人，根本不晓得电视里绿茵场上的好汉们一会儿跑东、一会儿跑西是搞什么名堂。他们恰才漂洋过海来，刚吃过饭，茶也不饮，就急急分成两个阵营，各穿不同颜色的料子相同的短打，神情凝重地各码成一排。只待一声令下，忽而疾行，忽而伫立，拼出所有的力气去抢一只圆滑的没有性别的皮球。用脚。

"啊，赢了！阿根廷好样的。"他们对我说，好像跟阿根廷很熟。

"哦，赢了，谁赢了？"

"阿根廷呀，昨天二比一踢赢了波黑。"

哦，我又问了对方一个终极问题："他们去踢人家干什么？"

"比赛呀，大师！"他急得脸通红，两手一摊，"世界杯已经开始啦。"

我当然知道世界杯开始了，这不是重点。重点是这位邻居朋友还没有告诉我：1.为什么要开始？ 2.干吗要单踢波黑？ 3.波黑究竟有什么罪，你们偏偏要踢他。当我只说了一点点，还来不及向对方倾吐完我所有的疑惑，仅仅是个开始，他一点礼数也不打算顾了，眼神黯淡、毫无风度地伸出五根胖胖的手指在空中朝我轻轻摆动，便撑着伞，默然无言地走了。

理想主义

  一转眼，就到了日历里叶黄的时节。

  云南的叶子倒不怎么黄，它们绿得疲惫，还一直撑着挂在枝头上，像难得盛装出门吃酒宴的女人，舍不得脸上新调的好颜色，回家也迟迟不卸妆，怕卸了寂寞。其实不卸也寂寞。我看这胶着样子，不入深冬，云南的树木是断断不会掉一丁点儿叶片下来的。它们绿得一致。断断无多姿多态之感，在枝上晃悠着，随风摇摆。我记得即便在最冷的时候,它们依旧有一个最好的仪态:能在枝上挺着就挺着,挺一天算两个半天,黄了老了也不落。

今天不说叶子,它爱落不落,今天只说理想主义。

这四个字好吓人,写出来我就后悔了,它完全不受我智力的控制,大到无边无际,令人难以描绘。同时陌生而诱人,像我从来没有用过的某款名牌包包,我无数次见过它——在别人身上。

我听过许多人说,他们一生中最美好的时节是童年。喔,童年!多么令人愉快的两个字,想起来我就笑得心领神会,意味着香甜的奶、毛绒玩具、暴饮暴食、打比自己年龄小的小朋友、亮片公主裙以及不负责任的允诺。我这么说也并不是全无根据,七岁之前,我是个不折不扣的理想主义者,我曾允诺过许多亲戚女眷,当她们把我抱在怀里、搁在腿上、背在肩上的时候,我信誓旦旦说,等我长大了我要孝敬她们:给姨妈买一车猪肉,给姑妈买许多首饰,把二表姐接到城里来过好日子……时光带走了我的诚信,姨妈直到前几年老死了也没能等到我的猪肉;可敬的姑妈终于已经老到不需要任何首饰了,喔,多么令人伤怀,她曾是远近闻名的清丽美人,如今脸上遍布沟壑，白发丛生——还不忘托人捎话给我，希望我能常回家看看她三弟。

她三弟，就是我爸。

我爸不这么想，他总是在电话里说："别回来，别惦记你妈，搞事业要紧。"好像他的大女儿真的在外面干着很大、很了不起的事业，让一事无成的我很羞愧。在他的记忆里，大女儿的形象一直停留定格在志存高远的七八岁。那一年，小学二年级的我放学回家对他说："爸，我快当画家了。"

"什么？"

"你要相信我。"我坚定地说。

他没再说话，转过身忙碌他的碌碌营生。我猜大概是真的信了。

不说了，时间于我们每个人太残酷了。

尤其是我。

打鸟

这两日热得猫直吐,看这情形,古城很不美妙啊。

然后一群女人聚在店里,吹着臆想中的电风扇,谈各自的盼望。梅子姑娘一个深呼吸后说:"我要找个男朋友,让他给我买花衣服。"说完两眼放着光芒,看着天花板,仿佛天花板上有星星。纱面魔同学出息大一些,她更注重放逐心灵,说:"我希望有一个好用的华丽的大弹弓,上面还挂着长长穗子那种,我要用这个弹弓去玉龙雪山上打鸟。"且不管鸟打不打得着,就这么畅想一下,她已经快乐得不得了了,眼睛笑得眯成了一条缝。

我说:"可是玉龙雪山上的鸟早被人家打光了。"

她急了:"可是明明还有哇。"

"就算有也不能打了,警察会带走你的。"我说。

然后大家无言了,眼睛里飘着怅惘的光。

嘿嘿,世界上是不是有许多人,也如同我们一样寂寞?

贱人

张家四小姐群娃对我说:"你是个贱人。"

我正要发作,她又说了:"童话都是贱人谱写的。"我转怒为喜,寻思她这是打算夸她亲姐呢,草蛇灰线、千里伏脉,只不过伏得远了点,伏南极去了。我变得温柔起来,决定原谅她漫长的不合时宜的马屁,兴味盎然地请她继续。

"可是,童话都是成年人拿来擦屁股的。"她说完了。

看在我俩都是一个妈生的份上,就这样,我眼睁睁看着她就这么走远了。

猫的梦

大雪之夜，这是一个最美的夜晚。在古城深深的院落中，新捡的小黄猫从门缝里探出脑袋，慢慢地轻手轻脚地走出来，在院落的雪地里不知所措地跑了几圈，喵喵叫着，又飞快地钻回了温暖的屋子。

我围着暖被，在灯光下看一本书，是福克纳的短篇小说集。窗棂外，雪漫天飞舞，穿过黑沉沉的楼阁青顶，降落在院落里。小黄猫跳上柔软的床，飞快地绕圈儿跑起来。原来，它认为找到了一个最合适的地方来踩干脚底板上的雪水。

我在沉沉睡去。

我想，在醒来时的清晨，我要拍丽江的雪景。我在清晨的梦中醒来时，还不知道，丽江街心的雪，早让疯狂的游客给踩光了，化作乌黑的泥浆，流入两侧的小河。太阳出来时，远山和楼顶的雪也消失了。

起床后，我看着同往日一般的生活，有点怅然若失。

昨晚，到底是丽江的雪，还是小黄猫的一个梦？

吃两年

张家四小姐、我的三妹妹群娃是个天真的小萝莉,她时时对我和我的一切保持旺盛的好奇。无论是查看我的私人衣柜还是化妆包,她对每一样物件都会夸张地惊叹:"哇,哇,瞧瞧瞧,这是什么啊?姐,你这个漂亮小红盒子是用来做什么的?上回我都没见过。是眼药水吗?天啦,难道贵妇们已经武装到眼睛了,连眼药水都做得像化妆品。"

"神啊,救救她吧。"我痛心地说。

"姐,我又说错什么了嘛?你为什么又不信基督,却总是无助的时候祈求他的拯救?"

"拜托,它只是一只常规腮红。"

她仔细看了看盒子上面的洋文,这才恍然大悟。对我解释,这不怨她,是我一再教导她要"有开放式思维",所以才误导她相信科技已发展到将眼药水做成甜蜜的粉状,以增强趣味性。她依旧兴味盎然地在一堆花花绿绿的瓶子中翻来翻去,看得津津有味。现在,她学会了看包装说明,不再追究它们的用途,而是对它们的价格颇感兴趣。她举着一瓶小玩意儿对我说:"让我猜一猜,它是多少钱买的?八十块?"

"美元吗?也不够呢。"

又可以听到她自言自语对着瓶子惊叹:"天啊,我亲爱的老爸,你的大女儿居然花掉八十美金去买了一瓶眼霜来治她的眼袋和黑眼圈!问题是钱没了,可她的眼袋和黑眼圈涛声依旧,眼珠上还多了红血丝。"

"拜托,是人民币1300好不好。"

现在轮到她拿着那只可怜的瓶子在屋子里跳舞般地旋转,还伴随着她对财务支配方面的安排:

"什么?八十美金也只能买它的半瓶?需要一千多人民币?啊,一姐,你的冲动总是突破我对你的想象。你不知道这笔钱可以买至少五百斤优质大米吗?!也就是说,如果你的体重想一直保持在现在的五十公斤,你至少可以用它们吃上一两年!"

一到底是一个梦丽江的雪还是小黄猫的

看画

依我看来,我二妹妹娟娃留洋归来最大的收获是从今往后无论置身何种境地,她都可以像硕鼠与蟑螂一样活下来,在狼藉与混乱的生活场景里画她心中的甜蜜东西。这一点是我绝对做不到的。如果地面有一点点不清洁,或者说工具摆放凌乱,就会被我一口咬定对正在形成的某件服装作品设计有"糟糕的影响",让我在事后有了足够的理由怪罪环境而不是我行将枯竭的灵感:

"喏,我早说过了要把那把破椅子拿开!它绽裂的海绵让我好受打击呀!"

或者是:

"快去把音乐关掉,它难听得让我想去死而不是做设计!"

哪怕现场清雅得像对一位智者先贤的追思会,我也免不了牢骚满腹,在工作室里走来走去,接接电话,吃吃东西,喝光了蜂蜜茶,然后依然对着图稿困惑。它不能太清淡,会让客人穿着它在人群里淹没;也不能太浓烈,与客人疲惫的神色混合起来有边缘之嫌。太规则了会没有特点,客人不会买;太有特点了会令客人买了无

处安放它的卓然。也许我很快会恍然大悟,丢下画笔冲着楼下助理喊话:

"你又在厨房里炖什么玩意儿?"

"你爱喝的山药猪蹄汤。"一个声音裹着厚厚的油花飘上来,略微有点葱香。

我讨厌设计这么风雅的衣服时闻到炖猪蹄的味道!我在心里对自己说。说归说,生活还是要继续,谁说不是呢?!当然我也不会忘记在才思萎靡的此时冲楼下厨房补上一句:

"这回切记山药不要炖烂了哦!"

有一回,我又见娟娃在地面摊开一张巨大的白布,她光着脚在上面走来走去,歪着头端详着什么,时不时把调好的颜料东一笔西一画乱抹在上面。我急忙奔过去,歪着头瞅了好久,仔细想找出形状或规律,看了许久,发现它们没有形状,也没有规律,它们像一堆无辜的彩色的呕吐物。我瞪圆了眼睛问她:

"你在干什么?"

"我在画画,你不知道吗?"她着实不想理我。

其实我很理解她,如果我是她,我也不想在创作时理会身边这位身形丰腴、眼神呆滞的女人。我围着她和

她的画布打转了几圈,耐不住又问:

"我知道你在画画,我是想知道你在画什么?这堆玩意儿是什么?!"

"你看不懂吗?"

"哦,它们八成是一只只刚出生的螃蟹,对不对?是的,是一群还没来得及长成形的螃蟹,虽然它们更像一堆小狗的呕吐物,但是我(看在一母所生的份上)愿意相信它们是螃蟹——可爱的螃蟹!"

后来,我在她的尖叫中跑掉了。她"麻烦"我"滚开",希望越远越好。我提着裙子急急往楼上跑,还不忘扭过头对她大声说:"早知画画会流行这种搞法,当年我就不缝衣服了,直接当一个画家更省事,成本还低!哎,就这么胡搞瞎搞,在纸上胡乱比画,你应该知道我最擅长呀!"

她不理会我顿悟后有多么的懊悔,自顾自画画去了。

为什么当裁缝

二十年前的某一天,我生平第一次出远门至东北长春,在一家由大片居民楼包围的小澡堂里,生平第一次见到了如此之多的女性裸体集体呈现,她们在热气腾腾的汤水里漂浮着,像一锅白花花的饺子,而且各不相同,那些肉体看起来,并不是我在西方油画中所读到的幸福欢快的样子,有些是迟疑,有些是苦涩,有的呈现出无奈的粗糙。

刚洗罢的形态各异的女人们光着身子在水池边走来走去,有人在大声说笑,有人在低声私语,有的则跳上一张类似乡下杀年猪专用的湿漉漉的大长条桌子上趴下,由一个赤裸的仅腰间拴一根皮带、皮带缝里嵌满五块或十块纸币的威风凛凛的中年妇人,脚像跳舞一样跳动,手持一个什么物件儿在她背上刮来刮去,铲下一堆灰白色的零碎儿,顺着桌上的污水流到地下。桌上趴着的人然后翻过身子,脸朝天躺着,让面无表情的妇人接着刮正面。

我没敢脱衣服,和衣跳进水里,后来在人们善意的哄笑中仓皇逃掉了。

这也是我生平第一次发现衣服对于人的意义远比我从读书中得来的意义更为重大,服饰真正的功效是为了过滤人生的沉重,美化无边无际的失落,果不其然。

很多年过去了,我没有做成画家,做了边陲小镇中的裁缝。我不能说这个选择是我生活的初衷,这只能说明我过于热爱世界的表面。若是没有了表相的遮挡,不是谁都能直面人生的真相。

盆中猫

窗外的雨起初是滴答滴答,不慢不紧敲打在洋铁皮屋顶上。工作室门前的黄色灯笼花开了一盏又一盏,挂在细枝条上,被风扬起又落下。七月特有的闷热好像开始消散了,被忽然刮起的阴阳怪气的风赶得到处跑。我从二楼制作间的窗户往外探出头,心里疼惜刚开的指甲花、茉莉花儿们还没拍照发朋友圈,这就要叫风吹散了。天是阴霾的,像一块烫坏了的灰色涤纶料子,雨水大概是从烫糊了的窟窿里渗漏下来。洒向人间的都是泪。

师傅们从繁重的活计里抽身出来,转动脖颈、伸伸胳膊、伸伸腿儿活动筋骨,挤到窗边,纷纷交头接耳:

"下雨了喔,这回天气预报总算准了。"

"昨天电视上说今天阴转小雨。"

"老天爷说下就下了。"

她们感叹完了,还是要回到缝纫机面前坐下的,手里的活计没停,嘴里也没停,讨论电视上某省突降暴雨、涌现多少好人好事的新闻。同情之余,不免庆幸自己生活在干燥的北方帝都,冬天冻死,暖气费比一家人的伙食费还贵；夏天热死，空调一晚上能费好几块钱的电，蚊香片一晚上点十片都不好使，可是涝灾是断断没有的。

"老天爷还说了，不好好干活的人不应该吃饭。"我冷冷瞟了她们一眼，她们的嘴顿时停了下来，像拉上了拉链，埋头自顾自忙碌起来。剪刀咔嚓咔嚓地剪开寂静的新料子，贴边、缝合、挂里衬，不一会儿，一个新款式雏形诞生了。"张小姐，这件衣服上面还要贴什么造型吗？"样衣师傅问我。

"当然要。"

一会儿雨骤然大起来了，密密实实，铺天盖地，敲在洋铁皮屋顶上，"咚咚咚咚……"像擂鼓一样响。天空透亮透亮的，之前的灰料子撤走了，这会儿像人气得发白的脸。大地泡在水花里，一幢幢房屋在暴雨如织中若隐若现，无处可去，像一盆无可奈何的螃蟹。

"再下，门前的花盆就要冲走了，"阿姨忧心忡忡地对我说，"我看还是要移进屋里放着，门口的积水越来越大，花盆真的会被冲跑了。"

"让它们跑吧，还能跑到哪里去。"我打着哈欠回到自己的房间，躺回温暖的床上，这时，听见大门开启的声音，阿姨在屋外檐下撑开了伞，大声跟谁在说话。仔细听来，原来她在训斥我的猫：

"走开,不要挡着我。"

猫大声叫,大约是死活不肯让道。

"我要移花盆回屋来,你坐在盆里面干什么?真是好宝气哟。"

我听了一会儿,门口逐渐没有了动静,雨声稍微轻细了些,天上破开的云洞仿佛经过众神仙的合力抢救修补之后已见成效。我扔下手里的书,沉沉地睡去,滑入黑甜的梦乡。

一生

今天画服装设计图稿时,苦心构思一只曼妙袖子的时候,忽然有了一个最精准的结论:爱情,原来它不是鬼,它是一件美丽的印花真丝绢纱质地的衣服,上面布满细碎的层峦叠嶂的波澜般的皱褶,每一道皱褶里都缀满细若游丝的金丝与如蜂鸟眼珠般大小的银铃铛编织成的花纹。轻轻摇动衣襟,珠玉般的细脆铃声便挟异域之香而来,美得脆弱而凄婉,有时宛若青青河岸春风摆杨柳，有时宛若梨花千树一夜绽放如雪云。它美得如此令人忧伤，纵然看一眼便令人难忘。可是，就算寻常女人遇见了，如此之物，售价必然不菲，且不论价钱，就算无须倾其所有，女人们也未必会要它。为什么呢?

因为它一洗就缩水，一穿就挂纱，既不能整烫，也不能折叠。

不能穿着买菜做饭，也不能穿着挤公车地铁。

喏，就算这全部不是问题，现在，我们上哪儿能买得到它？

又如，在没有遇到它之前，我们总不能光溜溜地等吧？！好吧，进入下一个结论：于是我们在无数平淡如棉质的化纤的弹力拉架的牛仔制成的背心裤衩子与大棉袄组成的日子里打发了一生。

白衫子

人在床上睡久了,就会对床产生深厚的感情,舍不得离开,舍不得让床孤单,你看,春日迟迟,斑斓的阳光透过窗户照耀在床脸上,那么美,那么惹人爱怜,我怎么能够弃它而去,不忍心呀,哎哟我要再躺会儿。床可不是这么想的,它生无可恋,如果能开口说话,大概会说:主人,你放心去吧,我想静静。

女人对服装也是这个道理,她们爱它,像铁甲勇士爱他的战刀。

服装多好呀,缤纷得像一个又一个的梦。而我是造梦者,作为一名不称职的服装设计师(不称职的原因是我的白天主要用来睡觉了),我要歌咏女人们对服装的爱,没有这样的爱,我将会如何颠沛地度过这些年,是可以估量的。

我认识一位女人,她对衣服的爱,像我对待床一样执着。显然她是一个长情的人,年复一年,每当仲夏来临,她只穿同一种款式的衣服,领口有一朵小花儿,袖口七分,衣长及膝,下摆微微地打开一点点,形状像一朵倒垂的白色郁金香，刚刚经了朝露。薄帛织成的白衫子素淡得像快化掉了的冰雪，映着她宁静的脸，说不上来的好看。这个季节里，她穿来穿去，只肯穿这一身，其他样式她肯定不穿，"看来看去，还是它好。"她对我说。每年一入夏，杨树叶子刚刚绿得浓烈，桃树缀上了密实的小果果，她就从衣柜里取出去年那件凉薄的白衫子，烫一烫，摆弄得平平整整，预备穿了，晴天逛街，她用球鞋、帆布包配白衫子；工作上下班她用麻质阔腿黑裤、黑色尖头小羊皮鞋配白衫子；闺蜜下午茶她用各色花裙子、名牌大包、蝴蝶结漆皮凉鞋配白衫子。总之，一直到七月木槿花开了又谢，桃子都吃完下市了，她才肯脱下它换新的款式。可是，那么一件衣服如果反复穿，不用换洗吗？穿破了怎么办呢？它再坚强，终是布做的呀。

她倒是成竹在胸，一点儿也不忧心这个问题。

"我当时一口气买了二十件中码，五件小码，十件大码。"她说。

她做了细致的规划：中码是她在盛年时穿的，所以要多买点，小码是预计有可能因疾病或思虑过度而导致阶段性消瘦时穿的。至于大码，当然是留着将来韶华已逝、身材发福的时候穿。

瞧，她早早打算好了怎么度过这一生。像我这般对未来毫无预设的人，始终不相信她如此的执着仅仅因为某个款式的衣服，而是她内心一定隐匿了某种高于我生命质量的东西，虽然我尚不知道它是什么。我对同行醋意满怀，明白她的仲夏不属于我，只属于那个创造白衫子的无名设计师——啊，他好幸运，虽然作品平庸，却有客户肯一口气买他三十五件作品，愿意把余生的仲夏都献给他。我要是他，我要在衰老后的每张酒桌上跟儿孙宣讲这个佳话作为我的职业生涯的注脚。

她爱在深夜用微信跟我聊天，有一搭没一搭的，在夜雨敲窗的晚上，在春风沉醉的晚上，她总是爱问我："书林，你在忙什么呢？"我有时候说，我在忙睡觉，有时候说，我在忙苦恼。她是不理解的，说羡慕我每天和那么多漂亮的衣服待在一起，怎么会苦恼呢？嗯，她没说错，如何创造它们从来没有令我苦恼，毕竟天马行空是我的强项嘛。我的苦恼是如何卖掉它们。

"新做了什么样的好看衣裳快快发图片。"她说。

"我让客服明天联络你。"

"我不嘛，我要你发。"

"可是我好困。"我说。

"发了你再睡嘛。"

"发什么发,你又不买。"我好哀怨。

"我买我买,我尽量买。"

她的声音温柔体贴,像热熨斗瞬间烫过起伏不平的布,让丘陵变平原,然后我们照例欢欢喜喜聊远了,从衣服聊到包包,聊到社会不公、男人都不是东西、脸上的粉刺用什么治最好。她引诱我像微商一样陪她度过漫无边际的时光,照例一件也不买,光看看。最后她还是要缩回白衫子的宁静壳子里,对世界上一切奇装异服保持警惕。

做包包

在盛夏里拎一只什么样的手袋逛街,心就会是清凉的?

"贵的。"我的助理星星姑娘狠狠地说。

其实未必尽然,我从政治正确的角度细细地跟她讲:便宜的未必不惹人疼爱,贵的照样能丑到你哭。她一脸悻悻,看来她比我更尊敬奢侈品百年历程对人类文明的贡献。只是包包这个问题说起来好复杂,起初它是一个容器,方便容纳物品,进而在原功能性的基础上又加入了审美,经过美化后升级,很快又有了附加的社会阶层属性。大户人家的娇贵小姐拎的包包才是完整意义上的包包吧,贫苦妇女出门拎的,那叫包袱。

什么样的身份拎什么样的包包,这是各家大牌公司的营销团队们一直苦心强化、经营的一个母题,他们在广告中明里暗里为广大女性指明了人生方向:买了我的包,您就成了一位有钱的好姑娘。你瞧,他们如此努力,只是"为了更好地服务于大众"。

我曾见过唐代壁画里有几款包包，煞是好看啊，约莫七厘米的宽带子，包身四四方方，包盖从后方向前翻扣过来，盖住前面包脸的三分之一，两侧还吊着漂亮的流苏吊坠，摇摇摆摆的。这样的经典模样，似乎在红军当年过草地时流行过，1949年后还在学生、青年中风靡一时，只是去掉了流苏吊坠，更换了面料材质，其实还是祖宗的千年老款。

列位看官若是有时间去逛敦煌，可以去莫高窟第17窟北壁瞧瞧，那儿真的有一幅作于晚唐时期的壁画，画中的女子肥得不成样子，脸上化着唐代时髦的"时世妆"，她站在菩提树下，身上穿着男人的衣服，头梳双髻，腰上系着软布条儿，右手拿大叉子，左手拿条毛巾，我猜她打算去洗澡。亮点在菩提树的树杈上，上面挂着她的大包包！这个包包分明是现代物，结构简洁明快，力学上合理，设计很人性化，包盖同样是从后面往前翻至包脸的三分之一处，边沿呈莲花纹形，上面还横了一串红色绳疙瘩，好文艺呀。

这样的包包，我也想来一个。

轮到自己做，简洁的包包我总嫌不够劲儿，别人家的包包简洁得像一块空旷的地皮，上面搁一粒扣子就算完事，好卖极了。我不干，我想在地皮上盖房子、建花园、安排花鸟虫鱼,再圈一块蓝天,上面一定要飘些白云才好。所有的细节要一针一线地慢慢地缝,屋顶上的瓦片,河里的水草,虫子的腿儿,云彩下面的雨丝……它们被我用布料、老绣、珍珠、宝石等材料做到了立体呈现,赋予了独一无二的生命,每一帧画面都是栩栩如生。最后倒也蛮好看,我觉得就是太便宜了,没办法,这是我的硬伤。

21世纪什么最贵?人工啊。

刀铺子

我想写下对古董绣片的感受,却发现我对文字的控制力越来越差了,汉字们像一群倾巢出动的八爪鱼,我左驱右赶也很难让它们保持良好的队形。平时倒是觉得自己控制剪刀与布料的能力越发强大了。清晨时分,我握着剪刀欢快地在平滑的真丝面料上灵活地纵横驰骋,不一会儿就剪出了一个有趣的造型。心底里却在说:这下坏了。这是背离我的理想的前兆,也许早就背离了。我的朋友莫辞曾说,背离人生的初衷有什么不好呢?它可以让你找到另一片风景。让人听了想发作。

比如你的目标是上山砍柴,事先得磨刀吧,这样可以多快好省,砍更多的柴。

可是往往最终我们都成了磨刀高手。

磨了一把又一把,刀刀雪亮,柴是一根也没空儿砍,也忘了为什么磨刀。最后干脆开了个刀铺子。而我仿佛理当比别人更得意,因为我的刀铺子闻名遐迩。

才子

要不要爱才子，我与一位女性朋友争执了几次也没有结果。

她的答案与我相左，她认为，若爱，是绝对要爱才子的，才子就是好啊就是好。好在哪儿呢，她仿佛也说不清楚。那我就不明白她死活要爱男人的才华干吗呀。那些瘦得像一缕轻烟的才子们往往怀揣一颗孤寂的机关重叠的马蜂窝般的心，里面重重叠叠住满了面目不同的女人。或者说，他们老是对着一棵树或半块玉佩哀号不止的行径特别让人烦。对此，我有一个简明扼要的逻辑，自认为入得了民间故事里所有佳人的法眼：才子若是不帅，便是死罪。

我费了半天劲总结得这么精妙，可是我的那位朋友很不同意。在她眼里，若是才子胖了，能体现胸怀的旷达；若是瘦了，便是抽离了肉身的浑浊，只剩下结结实实的精神。她还说了，佳人我不在乎才子的皮囊，佳人我热爱皮囊里包裹着的伟大灵魂。

自从我做的衣服的标价越来越高后，最怕人家跟我讲灵魂。一讲我便闭嘴休战。

爱情

爱情是一只孔雀。

女人总是站在孔雀的前面,看孔雀开屏。所以她们虚荣而甜蜜。而男人们何罪之有?他们只不过是站在孔雀的背后,看见了它令人绝望的光秃秃的屁股。所以古往今来的哲学家几乎全是男人。

此理论也应用于:

我们遇见孔雀时,它喜欢先倏地蹿到我们面前,"哗啦"的一下打开花花绿绿的屏,顿时大地回春,惊为天人。不等我们乐上两分钟,这死雀子又"哗啦"一下迅速转身,让我们凝视它光秃秃的屁股。

所以我们大家都不用泄气,基于该鸟的虚荣,它不可能永远拿屁股冲着我们。只要耐心等上三炷香或一袋烟工夫,没准它又哗的一下转过身来,拿花花绿绿的大彩屏冲着你。

倒霉的是,不到一炷香或半袋烟的时刻,人间已经过了三代人。

到那时，我们都成了奶奶爷爷辈，孙子都养出来了，那死雀子才转过身来，兴冲冲朝我们嘚瑟着它的大彩屏！哎，什么都晚了，你说，这又能有啥用呢？用一生中最美好的青葱年华，来谈一场又一场喧嚣而曲折的恋爱，到底合算，还是不合算？

有没有人算过爱情的成本？于这一生中最黄金的岁月里，没有用来创造、思索、行走，没有用来实现能够证明其存在价值的现实愿望，全化作风云变幻的情爱过往，让肉体从鲜活走向衰腐。我们活着需要爱别人，需要感受被人爱，也需要找乐子让这漫长而无趣的一生快快过去，也是我们普天众生的生活真相。

不谈恋爱会死吗？当然不会，但是也许会令我们枯萎。我们是通过它而让心灵成长，从荒凉戈壁到茂密丛林，爱，让我们找到一把打开未知的心灵世界的钥匙。也有谈过许多场恋爱的朋友，站在青春的终结处，空有一颗苍茫的心。她们回顾过去，难免唏嘘地对我说，这半辈子没有事业，无所作为，全部的青春用在对真爱的追寻，如今好几场恋爱谈下来，唯一得到的有效的"心灵"启示就是：

男人都不是好东西。

生命寂灭若是一种必然,那死亡本身,还是孤独得另有风华。彼岸的孤独是孤独在身,还是孤独是什么样子……

平庸之恶

我们习惯于在很年轻的时候怅惘，在怅惘中甜蜜。在不年轻的时候回望，回望里我们人人都有一大堆让自己心安理得的由头。很老很老的时候，才发现身后丛林中的路，并不是通向天堂。可是这有什么要紧，反正大家都一样。

总会有一天，我们发现地狱里挤满了人，房价比人间的深圳还高。我们依旧心安理得，因为这说明什么？只能说明这地狱才是咱正常人应该待的地方啊。

我们要走自己的路，让成天价叫喊着为梦想而战的青皮们打滴滴吧。

你说活着没有意思，那也是不正确的，如何解释大家都愿活着而不愿死去。生命寂灭后是什么样子？彼岸的孤独是孤独本身，还是孤独得另有风华？也没有一个死去的人回来聊聊这话题。我猜，死去的世界里没有颜色、没有气味、没有声音，只有画面，缓缓的画面，所有的动作都是慢镜头。

那里只生产孤独，无边无际。

一个小贩的信念

在捷克中部的小城，曾有一个青年新买到一双紫袜套，他为了让这双别出心裁的时髦袜套穿起来更好看，还让母亲帮他缝制了一双皮凉鞋。那天，他高兴地穿着它们去约会女友，在等待女友的时间里，他凑近一个宣传栏想仔细看清楚上面的文字内容。忽然感觉右脚热热的、黏糊糊的，他继续看宣传板上的内容，没有勇气低头看。终于，过了一会儿，他忍不住低头看右脚，原来是踩中了一堆新鲜的狗屎！只用几根皮带扣制成的皮凉鞋几乎全陷进狗屎中。

在女友远远走过来的那一时刻，他扔掉了右脚紫袜套和右脚凉鞋，仓皇离去。

二十年后的一天，青年走在一个遥远城市的郊区的跳蚤市场，在一群穷贩子队伍的末尾，看到了一个人在兜售一只右脚的紫袜套和右脚的凉鞋，连鞋码号也正确，四十一码。在这小贩的身边还站着一位老妇人，她在试图兜售手中的两片月桂叶。

他敢肯定这紫袜和凉鞋就是二十年前自己所扔掉的物品，它们历经许多地区后在二十年后又重新出现在他面前。他在惊诧中走开,那一刻,他感慨于这个小贩坚韧的不可被摧毁的信念。这个人居然一直相信总有一天会有一个独脚残疾人会来此购买凉鞋和紫袜子,而这人刚好只有一条右腿,为了给自己增添几分魅力,决定远道来这个偏僻的郊区跳蚤市场向他购买一只凉鞋和一只袜子。

这是我在小说《过于喧嚣的孤独》中读到的情节。

我读到这一节时,很激动。不知别人读时是否有相同的感受?信念是我认为多么重要的品质,而对于芸芸大众来说是多余,只能在时间的荒漠里,孤独而可笑。绝大多数女人是庸常而温暖的,她们和她们的生活——都不需要我做的衣服。我倾尽所有财产踏遍万水千山收集失落的古绣片缝成华丽而古怪的衣裳,然后只能在时间的荒漠里忍受寂寞和孤独,枯坐等候有一天迎面走来一位饱经风霜却依旧兀自芳华和有着凛洌的美、依旧遗世而独立的女子,只要等到她们,而且还要在她们已经富有的时候,我的衣服才卖得掉,我才能有饭吃。

在二十多天的旅行里,当然说"旅行"我都害臊,我是以旅者的身份为寻绣而来,出发前我只随身带了两本书阅读,一本是哲学起源方面的书,另一本就是这本捷克作家赫拉巴尔的代表作《过于喧嚣的孤独》。前者适合在睡前阅读,便于我因苍茫的无助而更快入睡,后者是我专为大量的零碎的容易产生疲惫与焦躁的坐车时间而准备的。

坐在拥挤而破烂的乡下中巴车上读《过于喧嚣的孤独》,沉浸在与环境不相干的世界里,是件有意思的事。车上的人们不这么认为,他们吃惊地盯着我,看我挤坐在他们中间,穿一身奇奇怪怪的衣服,捧着一本书痛哭哽咽,很不理解。人们不明白,一个打算坚持一生永远不做任何重复衣服的裁缝有多么孤寂。

杀猪

我现在练就了一双火眼金睛，能够瞬间分辨出本应对称的物体之间最细微的尺寸差别，哪儿多了一厘米，哪儿少了五毫米。最后用尺量，果然猜得不错分毫，几乎无误差。比如说在五米开外有一只苍蝇，我的确分不出公母，但是我能感受到它的左腿比右腿发育得更好，因为长了约零点五毫米。

这个特异功能没少让团队的工作人员吃苦头。

秋日，窗外细雨蒙蒙如烟织，游人无几，叫卖桂花的小童穿梭在青石街上，花香飘进木楼上的工作室，映衬得光阴愈发清寂。我和我的工作室员工们在工作。他们很卖力地刚刚帮我把扣子一个个缝在即将完工的衣服上，结果我只瞟了一小眼，就制止了："第二颗与第三颗之间多了约零点五至零点八毫米，全部给我拆了重来。"

他们不知道我是怎么做到的。

其实我也不知道。

新款手袋做好了，需要在上面贴一块镂空的绣片以达到锦上添花的效果，我让外号疯大姐的缝纫师傅帮我用手工细细缝上。花了两小时总算缝毕，疯大姐有些得

意:"瞧瞧我缝得多好啊,针脚平整,一丝没乱。"我看了一眼,便冷冷说道:

"给我拆了重缝。"

"为什么?你想让我在慢慢缝慢慢缝的过程中变成西诺吗?!"(西诺,纳西语:疯子)

"你的针脚是没乱,可是那左右两只鸟的尾巴一高一低,误差约一厘米,不信你测量试试?!"

我得意地走下楼梯,还听见疯大姐在小声委屈嘀咕:两只鸟儿还不兴人家一公一母吗?

当然不许,我的客人是要花几千块买它。人家花了钱,有权不要一公一母,就要对玻璃鸟。

娟娃儿来丽江一星期了,她糊完灯笼后接着帮我画新店墙上的壁画。现在换上我啃着一只梨跟在她后面转,边转边唠叨:

"啧啧,不错,你画得真不错!的确深得我真传!"

"你这么想心里好受些吧?我可以理解。所以我不打算说什么,让你过瘾。"

看在我俩一母所生的份上,我无所谓她怎么讲。我啃完了一只梨又换了一只梨啃,忽然发现了问题,吃惊地伸出梨递给她看:

"张娟娟,我发现这只梨比刚才那只梨的体积要小些,梨肚子的周长比刚才吃掉的那只梨肚子周长小两厘米到三厘米!"

她握着画笔,惊得差点从草椅上掉下来。

"你瞪着我干吗?是不是也觉得我是个天才?!"

她笑了笑,说,我的特殊才能总算令她充分感受到"职业培养人挖掘人的潜能"的重要性,能肉眼分辨物体细微的尺寸大小,对我这样一个裁缝的意义等同于杀猪的屠夫能够一刀砍下足一斤的猪肉。我不解,她便耐心地对我讲起了从前我们共同生活过的一座小镇的往事,她对这桩往事之所以知道得这么清楚,是因为人物的孙女是她小学三年级的同学。

话说以前,在王镇街上有一个卖猪肉的屠夫,是远近闻名的"胡一刀",江湖又称"快刀手胡老刀",其人一脸毛胡子,"文革"前并不是杀猪的,而是镇上楚剧团的武生。自童年时就痴迷唱戏,不识字,便偷偷听戏,一句句背下来,日夜练习。终有一日,正值1959年这个可怕的荒年,他卖了家传的两只镯子割了两斤猪肉,跪拜了楚剧团团长,入了团混饭吃。老人们讲起当年他演张飞时根本不用化妆,往台上一搁,那气势,能把场上的人全给镇斗了！好日子没过几天，"文革"时让人给斗惨了……团长疯了，整日喃喃自语，"刘备"斗死了，"小乔"斗得从镇中学的后院爬墙跳进了大河，及时解脱了……"张飞"之所以没死，后来有幸从事杀猪的营生，全赖他大字不识几个，却耍得一把好刀。

那日他被吊在镇中学的操场台上，红卫兵围攻上来，他破口大骂：

"你们这些王八蛋连我也敢绑着打？！我祖上五代是贫下中农，我也是贫下中农，我的子子孙孙也会是贫下中农，张飞也是贫下中农，舞大刀只杀富人不杀穷人的。你们这些王八蛋，见过坏分子不识字的吗？没有吧？！见过臭老九耍刀？没有吧？！……你们打死我一个，千千万万的贫下中农不会放过你们……还不快把老子放下来。"

这大字不识几个的无产者的做派让他活了下来，但是再也不允唱戏"愚弄人民"了，得改行！改哪行？杀猪卖肉。用张飞的大刀杀猪。

从此，胡老刀当了屠夫，终生杀猪。

杀猪杀到最后，成了远近闻名的"快刀手胡老刀"，寒光闪闪的杀猪刀在他的肥手里上下飞舞，半炷香的时间就能将一头骠猪从毛猪卸成无数粉白的猪肉条，而且条条一斤重的，分毫不差！平日里，王镇的其他屠夫切肉后是要称斤两的，但是胡一刀却无须费事用称，说是一斤，一刀下去，立准一斤！一钱不多，一钱不少。

邓小平南方谈话的前一年，须发斑白的他去世，后人遵遗嘱，将其葬在磨山脚下。隔壁墓里埋着当年风华正茂的"小乔"。1964年冬天，正是他冒险从河里捞起了她的尸首，秘密埋身此处。

我听得很不是滋味，问她："你什么意思嘛？"

她不答。

我啃完了梨，只得悻悻离开，上楼缝衣服去了。窗外雨歇，黄昏将至，又是一天过去了。

意义

我写下这一行字时,心底是有些羞愧的。

从什么时候起,不再关注时事风云或众生福祉,不再经营精神的家园,而整天醉心研究的是如何让一条小裙裙或一件小背心更好看,无论它们结合了多少的少数民族古老手绣品而设计,最终有可能被喧嚣都市的某个购物狂喝醉酒后买走,扔进衣帽间而永无出头之日。

这有意义吗?

我看着忙碌了一天刚做出来的一件背心,有点沮丧。

少数民族的历史记忆和文化符号,往往通过服饰形式、图案纹样来记录而代代相传。他们的服饰,很大意义上已不是衣服本身,而是一部史书,记录着过去的时间,是一支注定走向消亡的民族挽歌。时代变了,精湛技艺的拥有者慢慢消亡,手工业的时代已逝去,只留下一张张光彩夺目巧夺天工的绣片星星点点辗转流落民间。我所做的,是如何找到它们,再运用现代设计思维重新构建,赋予它们新的美学意义。

没有回忆的岛

我寄居的边陲之城,好时光似乎悄悄流逝掉了。

连下了数月的雨,密密而冗长的雨幕笼罩下的古城,像一只躺在深深海底的灰白色贝壳。如果在贝壳里待着只看闲书而不做衣服,倒是蛮不错的事情。我在一本草稿纸上画即将做的裤子款式,透过窗棂望去,街上挤满了撑着伞站在雨中的茫茫然的游人,他们无心购物,走走停停,或者呆呆望着彼此。有人在抱怨说:人来得太多啦!是啊,好多人。我记得听本地许多人说过,在很久之前,古城的确鲜有人至,那时候的小菜好便宜啦,街上乱糟糟的,人们早上用河流中的水刷牙、洗脸,吃过油粑粑就干活,街上的人彼此都认识。哪像现在满街全是陌生人。旅人也失望,人们坐飞机、火车、汽车从世界各地赶来"净化心灵",结果发现这儿比家里还拥挤,简直是一间喧嚣的巨大超市。

然后他们离开,寻找下一个理想中的净土。

游人疏至,我这样在此糊口讨生活的小裁缝的日子不好过了。

隔壁披肩店的生意萧条,寂寞的老板端着积满水垢的旧茶杯，缩在店铺的门角边，又开唱了。每到黄昏，这个身材矮小相貌平平的老男人就会用忽高忽低的美声唱法唱他年轻时候曾流行过的情歌。歌声高亢而深情，充满了无法言明的怀念的意味，他孤独地唱着那些早已过时的蒙上厚厚历史尘埃的歌词，总是让听众听出了难以言说的感伤情怀。

总是不断有人问我：等到有一天，当所有的古绣片全被你做成了衣服，原料耗光了，你该怎么办？我想，那时我希望能生活在《肖申克的救赎》中主人公安迪梦想的归宿地：位于墨西哥的太平洋海湾中的一处小岛。人们说，那是一个没有回忆的地方。

更不会有绣片。

东邪西毒

看过王家卫电影《东邪西毒》的人都知道,里面有个人物是最招我们女人眼红的,便是欧阳锋的大嫂。她人美,脸白白的,不知抹了什么好东西,完全看不见毛孔。穿得也美,石榴红薄纱质地衣衫翩若惊鸿,垂感也好,大风天穿它还不起静电。每天不用工作,只用在心底里填满诗意的忧伤,拿着好看的小团扇倚在窗前看风景、思故人,不费什么力气就博得数位英雄豪杰帅哥型男的青睐。个个还非她不娶,闹得江湖鸡犬不宁,一干人等妻离子散,着实妒煞众生。

我也是中她情花毒之人,将盗版碟看破几张,也看她不够。

总之,佳人就是佳人,让人怎么看都顺眼。

特别是她石榴色的衣裳和绯红一抹的小烟熏眼影。石榴衣裳一看便知是丝绢质地,料子好,织得密实薄透,缝制工艺上没得说,设计剪裁也到位。肯定不便宜。美人儿嫁进了高富帅的好人家,自然不愁钱花,也不愁没好衣裳穿,多好的料子夫家也买得起啊。胭脂水粉自不必说了,都是上等好颜色,还不晕妆,哭一天也不糊她的粉腮桃花眼。你要说我不羡慕,除非我不是女人。

佳人就是佳人,最后死都会死在稠密而热烈的爱情故事里。男人们将她埋藏在心里,日日来上坟。

这电影就因她,生生看得我哀号了两回。不是同情她,是我不服地哭了。

眼红归眼红,话说各有命数,狗尾巴花也是花,牵牛花也是花,我们何苦与芍药芙蓉争颜色?这么想想,气也顺了,意也平了,庸常日子接着往前过。这是别人的想法,我这等眼高手低之人,自是相当不服气的。寻思着这电影里还有谁的别样芳华能距离我近点?果然,杨采妮扮演的牵驴民女一出场,她的黑衣服就吸引了我。

黑色古丽绸顺纹自然压皱,手感好,光泽度好,质地顺滑耐皱耐磨,看似厚重,实则轻盈。沙漠风起时,黑古丽绸衣襟随她的青青发丝一起飘散,拂过她低低的眼眸,在金黄沙漠中摇动。一脸阴霾的酷酷的型男欧阳锋,捏着网格织纹的黑纱面巾,轻轻在她耳边说:

"想为你弟报仇,你得赎一笔钱。没有人会为一头驴,去得罪太尉府的刀客。"

"我没什么钱,只有这一篮子鸡蛋和一头驴。"

"如果要卖,你肯定比这头驴更值钱!"

"我不会这么做,你要是嫌钱少,我会一直等下去,一直等到有人肯出手。"

她黄昏时提着篮子牵着毛驴离去,天明时复又提着篮子牵着毛驴回来,日复一日徘徊在杀手中介人的居所门前,等候心软的杀手出现。只是篮子里的鸡蛋越来越少,最后只余一只。我猜大概是她经不住饿,自己慢慢吃掉了。她在门外的坡上徘徊时,欧阳锋时常盯着她的背影发呆,因为这个背影让她想起了家乡的佳人。不过他还是没有心软,还暗自寻思:不知道她是真的要为弟弟报仇,还是闲得没事干。每个人都会坚持自己的信念,在别人来看是浪费时间,她却觉得很重要。

最终还是让她等到了洪七。

为民女之弟复仇而负伤的洪七躺在病床上无药可医,自生自灭。欧阳锋这个死人妖幸灾乐祸地晃荡到他跟前,像个深邃的哲学家一样问他:"值得吗?"他回答说:"不值得。可是我觉得痛快。"可是,洪七又紧接着说,"……我不想成为像你这样的人,你不会为一只鸡蛋而去冒险,这就是我和你的分别。"

估计把锋哥气得够呛,节操掉一地。

洪七有着本片最明亮的人性色彩,虚弱的他躺在病床上对无助哭泣的民女说:"你不要做傻事,我帮你就是为了一只鸡蛋,这只鸡蛋我已经吃掉了,你不欠我什么。"

民女走了。

时间的灰

人们不知从哪里来,此去经年,会去往何处?只记得他们停留时爱给坐在对面的人讲故事。丽江是被时光抛弃之城,女人们买走古怪的衣服,然后对眼前漫不经心的小裁缝讲故事,仿佛是为了应景,而不是真的在无望中痛得寂然。否则也不会试穿衣服时,个个能试得这么开怀。她们的思维像诗人一样发散而跳跃,她们相信我。可是能用剪刀在面料与绣片上精确剪出好的造型的人,除此之外的技巧并不会比她们知道得更多。你回不回答都会进入一个个诡异的思辨:

"书林,他不爱我,我想离开他!"

"那就快离开嘛。"

"可是,离开他我担心我会想他想得慢慢枯萎!"

"那就别离开嘛。"

"不行,不离开他,我会难受得死去!"

"那就离开嘛。"

"可是,你没听见我刚才怎么跟你说的吗——我会想他想得慢慢枯萎的!!!哎,书林,我该怎么办啊?你告诉我吧,我该怎么办?你说呀你说呀!你能把衣服做得这么好,你一定知道我该怎么办!"

死好,还是枯萎好?哈姆雷特说:这真是一个问题!

如果天天有来历不明的人给你讲各式各样的故事,你会不会感觉肚子里除了昨晚的米线与今早的油条外还塞满了人生的阴霾?而人们不会因此内疚,也许负责聆听也是寓教于乐的一种,而且搞不好还是最高级的。至于怎么建设与发展这个世界是男人们的事,女人一生应该无别的要紧事可干,最挂心的是如何进行恋爱,活过来,死过去。

从而,女人们的困扰基本来自她们无法获得理想男人的爱，或者是获得太多了，也一样令人伤怀。哎，孟烦了他爹早就说过：桃花飞绿水，一庭芳草围新绿，有情芍药含春泪……

所以说，你很难判断，谁比谁更绝望。

我爸爸的布娃娃

新年时候，我回老家，住进了爸爸刚刚翻修的老屋。这在之前的隆冬时节，他拿着他的三女儿娟娃儿寄回的装修设计图样，满怀暮年激情，召来村里的闲散人员，运来大批的石块与水泥，开始筑建他年轻时的梦想屋。像戴蝴蝶结的小女孩儿给她的布娃娃缝生平第一条花裙子。只不过他不是缝，是补。有如再美的小女孩儿也会老去，终有一天会枯萎在黄昏时的藤椅上戴着老花镜织补童年的破旧布娃娃。

我爸爸的"布娃娃"虽然坚韧结实,已伫立数十年之久,自我出生以来,它不摇不晃,立于河滨之北,春来鸟来入室筑窝,冬来房子上秋草寂寥,几十年过去了,终是旧了些,墙皮斑驳了,地面生了苔藓。

爸爸说这可不像个样子,得修修,修个时髦的样式。

然后他拿了我特批的"专款"就开干了,言之凿凿保证说会按艺术家三女儿绘制的装修设计图做,修出他的三女儿娟娃在法国乡村见过的式样。

我弟弟在修整老屋之前曾说,补"布娃娃"的主意一定是个坏主意,还不如直接进城买个"奥特曼"——添不了多少钱就能在小县城买一套新的电梯公寓。总之,他说是断断不能寄希望爸爸能修出我们心中的故乡。不过,因为他立志做个小官僚,与我和娟娃的人生态度背道而驰,所以我们没有信任、采纳他的主张。

可是,这次小官僚没有说错。

我到家时,房屋修缮一新,我爸爸已然更苍老了,白发在风中支棱着,他骄傲地领着我们参观他花几个月时间装修完工的作品。他果然嫌娟娃在西洋熏陶得来的房屋设计思维太破烂太土腥,进行了大刀阔斧的修订,拆除了原房屋最有价值的部分即当年从磨山采来的红色山石，换上了新时代的灰色空心砖，挖掉了墙头斑驳的青苔，贴上了城里的便宜的白色瓷砖，扒掉了古风犹存的雕花门楣，换成了《乡村爱情》里的最新房屋款式。

你看，现实与理想，一点也不遥远，只是中间隔着乡村大宾馆。

健忘症

西西是一个健忘的人，比如说，她经常会忘了起床，一睡就是一整天。记不清刚刚中午到底有没有吃过饭，于是重吃一次。反复看同一部电影，每次就像初次观影那么喜悦。这个健忘症一点也没有令她感到困扰，她反而因此而沾沾自喜。有一天，她偷偷告诉我说，既然好人成佛要经历九九八十一难，恶人放下屠刀立地就能成佛，那咱还不如痛快点，直接奔恶而去，做不到可以学嘛。当一个毛病众所周知之后，所得的好处就会超过它本身的不好。人们不能原谅一个好人偶尔一次的犯错，但是当一个恶棍稍稍做出一点善举时，就会感动所有人，令曾经谴责过恶棍的人反省自己对人性的判断。比如她健忘，当这个特点为众人所知后，她并没有因此而丢掉工作或朋友，反而因此取得了更多的工作或生活中的主动权，不想赴的约会她可以借口忘记了，不想办的事她也可以说忘记了。

听得我羡慕不已，啧啧惊叹。

她还说，就她这种健忘症患者，还不是她以上逻辑的最大获益者，跟精神病患者比起来，就差得远了。别人那可是连法律也拿他们没办法。我不由得大笑起来："照你这么说，你患了健忘症，或者说一个人患了精神病，还是上天的恩赐不成？"

她一点儿也不觉得好笑。

最后，她郁闷地对我说，其实，无论她试图忘记多少东西，但是，无论如何她也忘不掉自己的年龄。而这个，才是她真正想忘记的。

布娃娃

丽江是个好地方,它让你来了就不想中规中矩地活着。这不见得是坏事情,生命之幕的荒谬如此漫无边际,我们要如何打发接踵而至的空白与茫然?刚下飞机,我就度过了一个懒散的下午,发现闲着的感觉并不好,心还是不得安宁。这说明无论哪一种香甜可口的菜式也并非满足所有人的胃,你得允许有人喜欢吃"钉子",像炒蚕豆一样嚼得脆蹦香。作为一个标准的厌食症患者,我羡慕这样的好汉。

天依旧蓝得像刚展开的湖水绸缎,后院金黄的墙边,玉兰花树还在。

猫们越发的肥了,纷纷不太爱搭理我了,在楼梯上睡成一排排。它们忘了当初流浪的日子,安于昏沉甜蜜的现状。

帮我看店的阿甘小姑娘还是那么沉默不语,托着腮坐在店里,像一只刚做好的布娃娃。

阔起来怎么办

将来我阔起来后的第一件事,必是独自一人去没有绣片出没的深山旅行,扛着相机,专拍路边不知名的花儿草儿,以及它们生长的青崖或枯丛,看它们在黄昏或晨光的掩映里,凝成生命的小诗。我啥也不干了,不工作,不洗脸,我要搬个小椅子,日日看它们盛放或凋零。

我曾无数次在山谷遇见过露珠闪动的它们,在我穷得叮当乱响的过去与现在。每次莫不是负重而行,匆匆绝尘而去,疲惫得不曾回望一眼。任其深谷独自芳华,独自凋零。

物欲的饥饿从什么时候起,开始成为漠视万物之美的借口,已不得而知。看花也要待阔时,这是我的不对了。

衣香鬢影

The world
in a painter's eyes

人们或许想不到，世界上所有美好的事物的形成过程，往往充满了世俗给生活的磨难，奇丽而美好的时候如对一颗顽皮的纽扣，一根走来歪去的线亦有可能将我们的情绪创造拖入深谷的

这样一件衣裳

有一个美丽的女孩,不知来自哪里。她一连好几天来到我的店里和我闲话家常,说丽江的天气,说丽江的男人,说丽江的衣服……今天她来向我告别,说是要离开,回到她枯燥无味的熟悉的城市,临行时想起在丽江许多有趣的日子,匆忙赶来找我,想让我帮她设计制作一件称心如意的衣服,让她穿回家去,也算是对丽江的纪念。

说吧，你想要一件什么样的衣服呢？

她说太张扬了不行，不然没法穿出去。这个我明白，总不能穿着戏服满街走吧。然后她又说，没个性不独特不行，要不然何必花重金买我的设计呢？嗯，我觉得她说得很有道理，民族元素和现代意识相结合一向是我的强项呀。我洋洋得意，让她放心好了，保证前无古人后无来者。只是，最后她又说了，这件衣服得让她能够穿着上班，让领导满意。我顿时傻眼了。她不同情我的惊诧，向我解释：领导是否满意这一点很重要，领导不满意那将是危险的，闹不好有丢工作之虞。

她希望能够穿着上街，独树一帜的风格能让众人侧目，而令别人想拥有却又无法模仿；能够被轻易抄袭的就一定不是好设计。她这样对我说。还有，不能够太风情，风情是个很可疑的词汇，叫人以为你没有好身材。嗯，不能够太民族，还是得有一点风流，但也得是一个好女孩的风流，是一种被大众所接纳的美。

裁缝我听罢，默然无语。

想要绝美,不是难事,难的是它往往遗世而独立,永远无法击中大众的心灵。世界上到底有没有一种美学标准能获得所有人的认同?

后来,我做好了这样一件衣服。

我喜欢它左边红得暖融融的袖子,是从一件清代华服上剪下来的一块缝就,上面绣有一只红嘴水鸟寂寞地停在一截积雪的枝丫上,料子旧了,微微透着暖金色的光亮。右边袖子是一块现代的牛仔破洞布料,设计成更破旧而残的长袖,长过左边袖子许多。前胸是一幅民国时期绣成的葱绿调子的水草鱼虾图,配一条长长的如意形状的绣条,摇摆在胸前。后背是一大块暗旧已褪色的蓝调刺绣,后背领口开得很低。

把它拿在手上,我反复看着,最后很确定地对她说:它很美,对不对?但是你的公司领导一定不会喜欢的。

是的,她说。

可是我喜欢。她又说。

她来来回回试了好几次，每次都是满心欢喜地站在试衣镜前认真看着镜中的自己。她说没有想过原来自己也可以拥有这样与众不同的美丽。真美啊，可是它太奇形怪状了。

　　我还在狡辩：谁说美就不能够是奇形怪状的呢？树有奇形怪状的枝节、叶子，立于大地就会在阳光下形成树荫。如果大树被砍去了不安分的枝丫，只留下规规矩矩的树干，那么树活着还有什么意思？就是没意思也有它没意思的美。

　　可它不是大树，它是我要买走的一件衣服呀，我是要付钱的。她软弱地争辩，然后分析给我听："首先，我在什么场合下能够穿着它呢？上班不能，不然会被炒掉，下了班也不能，妈妈会不喜欢我这样穿的。她会讨厌这只右边破烂的袖子，太不成体统了。体面的衣服不应是这样子的，你相信我。另外，我如果仅仅是和朋友们逛街才能穿它该有多浪费呀。"

　　那个女孩纠结了两个小时，最后还是弃它而去。

她说了她的临别感言，大意是：尽管它只是一件衣服，不会颠覆她的生活，尽管它是那样美，可是它属于梦，旅人的梦。就像她此行丽江所遇到的一个有着热烈烁人目光的纳西族男人，她爱他，但是无法为他留下，也带不走他。她的生活已经无法腾出一个空位来迎接——无论是这件衣服，或者那个纳西族男人。也就是说，她就这么走了，不介意让我白忙活一场。这真的好悲伤呀。

一件叫初晴的上衣

做过一件衣服,是蓝调的,我叫它初晴。

有一阵子特别偏爱蓝调,但都是旧旧的蓝,褪色的蓝,暗淡的蓝,感伤的蓝。

只有这件蓝调上衣,是像天空一样透明的蓝色,干净得不像我做出来的。秋天的厚衣,要做出空灵的效果不容易的。最美的是袖口处,各镶有两道宽宽的靛蓝色老打籽绣片,有着精细的云纹。

昨天它终于找到了它的主人。一个北京来的女子。高高的个子,褐色的头发像秋色,眼神里已有了风霜。匆匆买走了它。

再见,初晴。

灰调

有一阵子迷上了灰调。

有个客户给我打电话说,她想要一件灰调的衣服。

我说,是想要灰扑扑的灰,还是灰蒙蒙的灰?

"这有分别吗?"

当然有了。我告诉她,灰,有许多种。至少灰扑扑的灰是流浪的感觉,像是隔着飘雪的玻璃窗,看着街边疲惫的旅人,安静而颓废。灰蒙蒙的灰像是一个坏天气里天空的云,初秋的草原之上,风过秋草,模糊而不确定。

她听得晕头转向。她说,两种她都不要。她要的这种灰,能够令她在城市的街头穿出去,美得低调,但又不容易忽视,还无法被攻击。

在傲慢中低调吗?

她连声说:对对。

我按我的理解做出来了,拍图发给她看。

她不喜欢。

她说,只看见低调,却看不见傲慢。

我不甘心失败，告诉她如何穿：两侧需要装上细丝编结成的绳子，绳上还会串上老琉璃珠，不管是向左系或者是向右系，整件衣服的色调会不尽相同，而且衣服是前长后短，蛮好看的啊。

她说，那也只看见浪漫，看不见傲慢啊。

我被击败了。

谁来告诉我，傲慢它到底是什么玩意啊？！

直到有一天晚上我忽然想明白了：一件衣服，你试着把所有应该呈现的细节全部去掉，让它光秃秃的什么也没有。真的，就像你一口气撸光了一棵树上所有的枝叶，就留下光秃秃的树干冲着灰白色的天空。

这，就是傲慢。

九月

如果用"九月"为元素,做出一件香艳的衣服,会是什么样子?

应该有浓艳得快凋谢的花朵,花朵累累垂垂,低头用力嗅它,有着沉甸甸的浓郁的香味。也应该有浓密的暗绿树林深处,透不过气来的热风游荡着。密林之外的河岸,河水被太阳晒得发白……

想得这么完美,后来做出来了,结果不是这样的。

左看右看,感觉调子太清冷。不像九月,倒像已经开到极盛的女子,怎么明艳,也透着初冬的料峭。

小雪

我费了许多气力才搞到这几张古雅而素色的老绣,一件设计为上衣,袖口有着破破的流苏,还有两块一百年前的小暗渍,让我画上了小花小鸟,卖给了四川一位小妹妹。不过她大概没认出那些鸟和花儿,还以为是我写错了字后,又重新划掉了。另外两张,我做成了现在这件前后两穿的背心。

它像刚下过又匆匆化掉了的雪。只有寺庙的青瓦和冬青树的枝丫上,还有一点点微白的残余。

我穿上小雪,就显得特难看。看不到古雅,只看到年华虚度。到底是为什么呢?

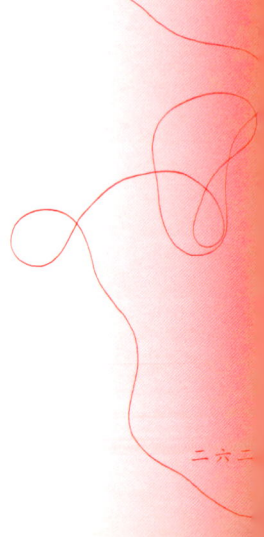

长尾巴的美丽锦鸡

昨天,我见过一位深圳来的女子,眸子黑黑,眉目如画。举手投足间分外潇洒。有一种英姿勃勃的气质,让见惯小女人的我眼前一亮。她试穿了一条黑底粉白大花的裙子,像罗马时代的公主,站在镜子前叹息。然后又试穿了一件粉红色荷叶边大水袖的丝绒上衣,立即明媚照人,宛若一个刚恋爱的女子。

她站在镜子前,满心欢喜后,还是叹息。

陆陆续续试了许多令她美丽的衣服后,全放弃了。最后决定买下了一件松松垮垮的麻质上衣,暗淡的色彩,颓废得像秋季的浓霜。在衣服的背面,我用大红的老丝绣贴出了一只纤细的花瓶,里面插着一支布做的花朵,花朵来自六十多年前的苗族婴儿帽子。

她付完钱,与我闲聊天,相谈甚欢。

我有点奇怪地问她,为何刚才有好几件衣服试穿都那么美,却要放弃不买,偏偏买了并不突出的这件?

心就像一个愈来愈大的黑洞，在快速地吞噬着许多东西

衣香鬓影

她很认真地问我：你了解深圳吗？

不喜欢也不了解，反正你放弃了最漂亮的那些衣裳。我说。

她哈哈大笑起来，然后又叹息，对我说，她明白，自己穿上后是美丽的，但是她总不能像一只田园里飞来的长尾巴的美丽锦鸡，就那么旁若无人地落在深圳车水马龙的街头吧？！那些衣服是很美，但是已经不再属于她日益坚硬的内心。深圳的生活需要她选择适合战斗的外衣，在已不需要再谈恋爱的今天，她不能够买下这种脆弱娇柔的丝绒，幽暗婉转的粉红水袖，然后穿上它去见单位同事或合作伙伴。麻质上衣有一种懒洋洋的感觉，是能够被大众所接受的。

最后，她临走时对我说，在深圳待久了，心就像一个愈来愈大的黑洞，在快速地吞噬着许多东西……

那又怎么样，她不是不买我的东西。

蒋兴哥
重会珍珠衫

这几天看的书是《三言二拍》。

开篇第一章就是"蒋兴哥重会珍珠衫",看得我笑得合不拢嘴。原来古人是这样谈恋爱的啊,冯梦龙这老儿开篇就写道:

人心或可昧,天道不能移。
我不淫人妇,人不淫我妻。

讲的是谈恋爱时应遵守的道德伦理,而不是时下年轻人的"爱谁谁"。这冯老头将此文以"喻世明言"自居,教导世人"休逞少年狂荡,莫贪花酒便宜"。休得"只图自己一时欢乐,却不顾他人的百年恩义"云云。他话虽说得漂亮,但是写起二巧儿思夫及陈大郎以金银百两求见薛婆引荐和二人相识的全程时,笔下生花,写得绘声绘色兼情真意切,细节生动真实过渡自然,完全符合人性发展的逻辑。写到兴起时,还不忘表一表他的职业歧视,说世上有四种不好招惹,因为"引起了头,再

不好回绝",哪四种?原来是:

"游方僧道,叫花子,闲汉,牙婆。"

这冯老头还好死得早,要是活到现如今,肯定让人给告死。他一句话倒是轻巧,但是分别触怒了宗教人士、有待社会救助的弱势群体、失业大军,以及婚介所和居委会大妈们。他赚的这点稿费还不够打官司。

看罢通篇,我最关注的是那件祖传宝物珍珠衫到底是什么款式的?开衫还是套头?长袖还是短袖?冯老头也没讲明白,他的乐趣在于精细地描绘如何男欢女爱,拉了几次手,见了几次面,谁先看了谁一眼,一共是几眼,甚至包括亲热了多久,吃了几顿饭,上了几道菜等等都生怕遗漏。偏偏一级文物"珍珠衫"这么重要的物证,也没写明白色泽质地品相和款式细节,害得好事者无法考证,裁缝我想借鉴也无从下手。

的确是遗憾。

玫瑰

福建省那位名叫玫瑰的女子,有着波浪的卷发,蜜糖的肤色,性感而妖媚的丰唇,眼神时时迷惘,像极了我心中的卡门。日前,她在电脑上看了我的衣服新图和报价后,感叹不已,从QQ上给我扔来一句话,把我笑得喘不过气来,她说:

"书林啊,千万别不把我们的钱当钱啊!"

又过了两天,她不小心,又看中了一条高价裙子,问我价几许?

我不敢答,跟她绕圈子,一会儿说天气,一会儿说房价。她终于忍不住了,又从QQ上给我扔来一句话:

"说吧,你要多少钱你才爽?"

裁缝看电影

有一回，我特别特别奇怪"8 缪咪"的薄如蝉翼的真丝裙为何在剧烈的跑跳过程中不起静电粘袜，把话剧《恋爱的犀牛》连看了两遍，最后得出结论：明明没有穿袜子！于是很释怀。同样，看电影对于裁缝我而言，往往没法集中精神看剧情，不由自主地看影片中人物的衣裳。在大多数时候，看珊瑚绒、乔其纱、弹力牛仔、雪纺如何穿越时空出现在侠客、毒贩、义士、青楼女子等不着边际的诸位身上。例如有一年看俞飞鸿导演并主演的电影《爱有来生》，民国美女九儿飘飘出现在崖边，一转身，红裙如浮云，可是居然是机绣的，上面还飘着涤纶线头。

"机绣的，天杀的，我保证这是机绣的。"

我坐在下面喃喃自语，脖子伸得老长，好心低声提醒陌生的邻座。他们不领情，并迅速闪离我约五排以外。我急眼了，又凑上前去，解释我的神经绝对正常，为人绝对靠谱。他们只得把前后左右八排全让了出来，让我在孤独中度过。

最过分的莫过于《孔子》，一干春秋大佬们朝觐天子时所穿官服居然直接是化纤乔绒印花，连机绣的钱都想省了。气得我几乎想报警，但是我忍了。轮到播《狄仁杰之通天帝国》时，我颇感安慰，因为服装师这回真下了本钱：上官静儿临死时穿的是苗族背婴儿用的绣片"背扇"改制而成的。真是解放初期的手绣不假呢。

"瞧见没？昨天我还拿它做包包呢。"

我在座位上狂笑不止，这回不是我独行，而是店小妹陪我看来着。她们怕我笑崩飞出去，冲过来把我按在电影院椅子上，我没动弹，只是独自牢骚满腹："搞绣片改良设计你应该找我呀，这绣片一看就是用草酸反复腐蚀做旧的，好过分。"

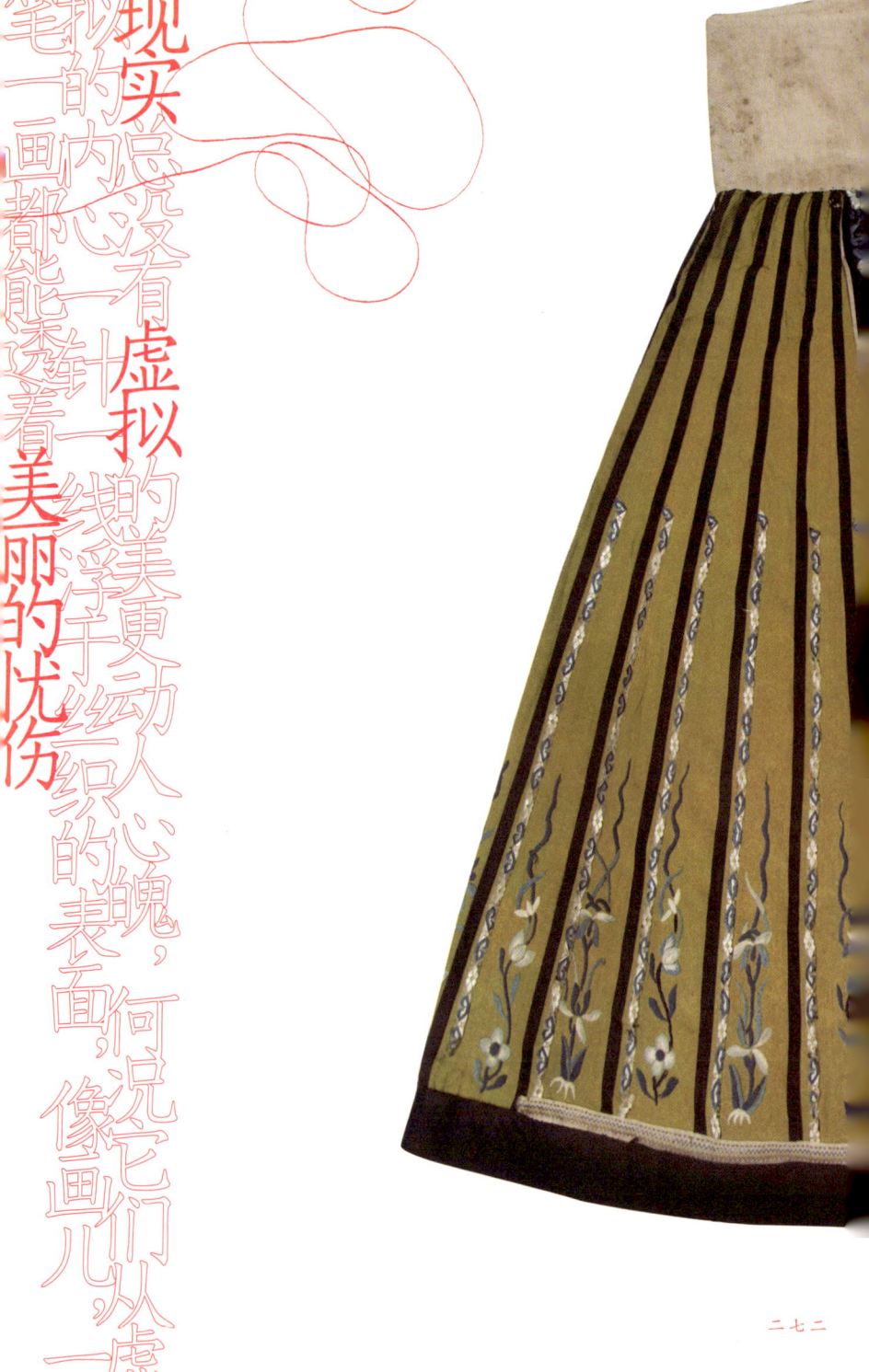

现实总没有虚拟的美更动人心魄,何况笔们以虚拟的内心一针一线浮于丝织的表面,像画儿一笔一画都能透着美丽的忧伤

二七二

鸟儿

绣片中的鸟儿的形态是多种多样的，美过现实中的鸟儿许多倍。

现实总没有虚拟的美更动人心魄，何况它们从虚拟的内心一针一线浮于丝织的表面，像画儿，一笔一画都能透着美丽的忧伤。绣娘在绣它们时，嘴角一定都泛着笑意，想着某一个被歌声与月光充盈的夜晚，或者某一个隔岸的不会再现的眼神。她有足够的耐心在漫长的光阴里，慢慢绣着，让它们的美愈发地惊心动魄，代表一个肉身永世不能飞翔的自己。

牡丹

这套衣服是由两个独立部分构成,黑色牛仔满身破洞的大袍子,外罩一件短短的大红丝绸斜襟绣衣。它出笼的过程曲折而复杂,痛苦又惘然,多次修改设计,反复试验的结果是砍掉了最初灵动而跳跃的构思,代之以默然而压抑的意象。制作的过程,就好像经历着一朵花从蓓蕾到盛开,然后是漫长的恐慌。青春虽然孤寂,却又唯恐青春一闪而逝。芳华永远在枝头该多好啊!

如果用截取一朵花的意象来表达一位女子衣饰的美,到底是最初的青涩和徘徊好,还是盛大张开的华美姿容好?这个问题困扰了我。

最终,保留的是它极盛时怒放的样子,有放肆的昔日回忆在,也可以开始展望未来凋谢时的苍茫。我穿着衣服,站在镜子前,发现自己承载不了它的厚重的雍容华贵和夺目的光芒,映衬得我面如菜色,像一个丫鬟在偷试主子的衣裳。

八骏图

于月白色的丝绸上绣八匹奔腾的马,不知是谁的主意。我以为这样的雄浑的画面只会用浓郁的大漠色调来表现才能够好,比如用苍劲苦涩的黑麻料子,而不是现在的白绸缎底的婉丽。到底是女人心思,过去的那个绣娘绣时,让马儿跑着跑着,可不是希望它们跑上黄土战场,而是跑到芳草碧连天。

奇怪的是里面没有女人们最希冀的白马。

嘿嘿,我想,过去的女人心中的爱未必会像现在的人儿。绣娘也许以为:白马那是来陪和尚取经用的,妩媚的姑娘还是骑匹烈焰红马好。不然,她为何将红马绣得如此明艳照人。我这么个不娇艳的人,粗粝的心也为之一动。我当然是穿不了了,只因没有这般温柔的时刻。

冬至，
黯淡的桃花

  临近傍晚时分，我做了一件新衣裳：用鹅黄色天鹅绒质地的袖子，配胭脂色的清代织锦裁出的短衣襟，铺陈着淡米白色的轻薄蕾丝边。在袖口末端，黑绒棉面上绣着一只瘦瘦的凤鸟，嘴里叼着一朵黯淡的桃花。我想象中的美人儿穿起来，通身融融的软软的，又美丽又忧愁。

  最后，我在黄昏破败的日落里，抱着它入睡，沉入黑暗的梦里。

蓝色的中国

蓝色的袍子,像极了那个已消逝的时代:

精神尚存,信念依旧;忧伤是梨花带雨,诗歌是青青草香;断桥之上,是蓝袍女子的雨后骄阳,桥下落英纷飞,随水而逝。明日还复来,杨柳依依。像丁香一样的你,未来而不可知。

这是蓝色的中国。

枝儿枝枝蔓蔓,花儿寥寥落落。

绣娘在绣时,用上最素的墨黑线,径直绣在蓝布上。心中想着的不是布,而是画儿,是她理想中的芳菲田园。百年已逝,今天的你已经无法从画面里,去判断她的生活与性情是否也如此这般地恬淡与悠然。美好宁静如斯,是始作俑者的生活写照,还是她梦里的永远无法抵达的彼岸?

梦里也会下雨的女子,是不是最想住在光阴里的人?

在后背，我用上整块的粗麻棉布，清晰地看得见每根麻棉纱的纹理。

我喜欢它素得什么也没有，最多在最下摆处加上与前片相呼应的蓝皱褶小边。经过合理的剪裁后，让未来的主人在穿上后不至于臃肿，还能有跳脱的轻盈。

倾心于华丽人生的人儿，这件袍子不会适合你。

当然，它也许会令你忽然如此宁静。

张书林

裁缝看世界

The world in a tailor's eyes

人
物
篇

寻绣记

The story of finding embroidered pieces

手工业的时代已逝去
只留下一张张牙齿夺天工的绣片
光彩夺目
星星点点 辗转流落民间

关于作者
About the author

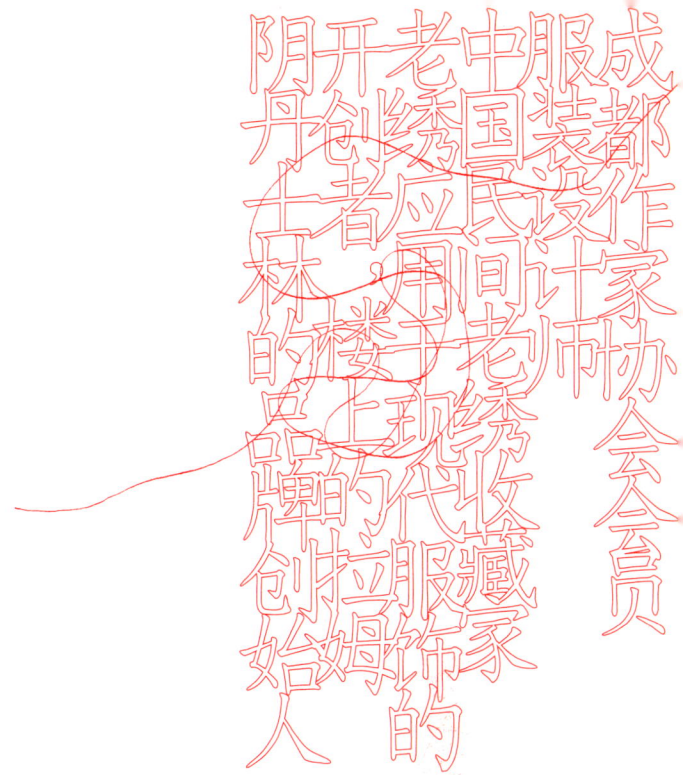

成都作家协会会员
中国民间老绣收藏家
服装设计师
开创老绣应用于现代服饰的
阴丹士林、楼上的拉姆品牌创始人

女，湖北人，汉族，现居北京。

成都作家协会会员，服装设计师，中国民间老绣收藏家，老绣应用于现代服饰的开创者，楼上的拉姆、阴丹士林的品牌创始人。

张书林用近二十年时间，跑遍了云、贵、川、湘、晋、秦、冀等多个省、市、自治区，历经千辛万苦、耗尽家产，收集了明、清、民国等时期的老绣片近二十万张，抢救与保护了部分珍贵绣种，为老绣研究领域提供了部分实物资料依据。

图书在版编目（CIP）数据

寻绣记/张书林著. -- 成都：成都时代出版社，2018.6（2019.6重印）

ISBN 978-7-5464-2061-5

Ⅰ.①寻… Ⅱ.①张… Ⅲ.①长篇小说-中国-当代 Ⅳ.① I247.5

中国版本图书馆 CIP 数据核字（2018）第 055516 号

寻绣记
Xun Xiu Ji

张书林 著

出 品 人	李文凯	策　　划	龚爱萍
责任编辑	龚爱萍	责任校对	李 佳
书籍设计	许天琪	责任印制	唐莹莹

出版发行　成都时代出版社
电　　话　(028) 86742352（编辑部）
　　　　　(028) 86615250（发行部）
网　　址　www.chengdusd.com
印　　刷　成都市金雅迪彩色印刷有限公司
规　　格　135mm × 205mm
印　　张　8.75
版　　次　2018 年 06 月第 1 版
印　　次　2019 年 06 月第 2 次印刷
书　　号　ISBN 978-7-5464-2061-5
定　　价　88.00 元

著作权所有·违者必究
本书若出现印装质量问题，请与工厂联系。
电话 (028) 84842345